ファンタジー銀河

～何で宇宙にゴブリンやオークが居る　～

FANTASY GALAXY

月汰
Tsukita Gen

ill.布施龍太
Fuse Ryuta

地球人
ゼン／神宮司《じんぐうじ》 善《ぜん》
クーシー族
サリオ・バラケル

絶対にベルタたちの仇を討つ、
その思いが心の中で膨れ上がった。
その時の私は、ゴブリン族たちへの怒りが上回っており、
恐怖を感じていなかった。
怒りという感情が引き金となって精神が高揚し、
集中力が高まっていた。
星害龍《せいがいりゅう》
装甲砲撃《そうこうほうげき》イソギン
ゴブリン族
ヴァルボ

「お嬢さん、怪我をしたのですか？」

それを追って一人の男が姿を現した。

そして、暴竜ベルゴナに向かって戦術魔導技を放つ。

あたしは弱いボソル感応力を持っているので、天震力が使われた事は分かった。

凄い速度で飛んだ何かが暴竜ベルゴナの首を切り落とした。

「そんな……あたしたちが仕留められなかったベルゴナを……」

ミクストキャット族
レギナ・タボット

A Fantastical Cosmic Realm
A Galaxy Far, Far Away... and Filled with Magic

~何で宇宙にゴブリンやオークが居るんだ~

ファンタジー銀河

FANTASY GALAXY

月汰元
Tsukita Gen

ill. 布施龍太
Fuse Ryuta

CONTENTS

イラスト：布施龍太

1.

宇宙のサバイバル

空を見上げると、都会では見えない天の川が輝《かがや》いていた。五十五歳《さい》で役所を辞《や》めて悠々自適《ゆうゆうじてき》な生活を始めた私は、一人で山梨県《やまなしけん》にあるキャンプ場に来ていた。

「天涯孤独《てんがいこどく》か」

私は関西で生まれ、十二歳の時に両親と一緒《いっしょ》に関東に引っ越《こ》した。大学では国際政治学を学んで、公務員になるという人生を選んだ。今は独身のまま一人で暮らしている。昔から世の中に違和感《いわかん》を覚えながら生きてきた。この世界は私が居るべき世界じゃないと感じていたのだ。そのせいで友達《ともだち》をほとんど作らず、一人で過ごす事が多い人生だった。

ただ悠々自適な生活を始めた頃《ころ》から、人生を楽しむためにいろいろ試《ため》してみようと思い始めた。このキャンプもその一つである。キャンプ場は森の中にあり、近くには川もあるという釣《つ》りとキャンプが楽しめる穴場だ。森の中にある空き地にテントを張って焚《た》き火でお湯を沸《わ》かし、夕食の準備を始める。

自画自賛ではないが、週二回ジムで鍛《きた》えている私はこういう場所では様になる。百八十センチほどの身長とそこそこ整った顔に生まれたので、渋《しぶ》いおじさんがキャンプしているように見えるだろう。西の山に陽《ひ》が沈《しず》み、辺りが暗くなるとセミの鳴き声も聞こえなくなった。私は即席《そくせき》ラーメンをお湯が入っている鍋《なべ》に入れ時間を計る。今から作る即席ラーメンは、鶏《とり》ガラスープの素《もと》や昆布《こんぶ》つゆ、キャベツとネギ、煮《に》玉子やチャーシューを加えた豪華版《ごうかばん》だ。出来上がったラーメンを食べてから、天体観測を始める。

天体観測と言っても本格的なものではなく、双眼鏡《そうがんきょう》を使って天の川や星座、月などを観測する手軽なものだ。折《お》り畳《たた》み式の椅子《いす》に座り、天の川を見上げる。こうしている時、時間がゆっくりと流れているような気がしてリラックスできる。白鳥座の一等星デネブを探している時、一瞬《いっしゅん》だけ星空がグニャリと歪《ゆが》んだ。

「ん、今のは何だったんだ?」

首を傾《かし》げてから、もう一度星空を観察する。ちゃんとした星空だ。おかしなところはない。

「そう言えば、ネットで変なニュースを見たな」

それは行方《ゆくえ》不明者が増えているというニュースだった。自然の中で一人で居た者が、誰《だれ》かに拉致《らち》されたかのように行方不明になるという話だ。ネットでは宇宙人の仕業《しわざ》ではないかという与太《よた》話が広がっていた。今時《いまどき》は行方不明者など珍《めずら》しくもないが、それらの事件はキャンプ場などの人目が少ない場所で起きているというのが共通点らしい。そして、もう一つの共通点は星空が綺麗《きれい》な夜に行方不明になっているという点だ。

宇宙人の仕業だとかいう噂《うわさ》があるようだが……正気かどうか疑うレベルだな。そんな事を考えながら笑って星空に目を戻《もど》した。その時、遠くでヴィーンという機械音のような音が聞こえた。何だろうと思っていると、またヴィーンという音が耳に届く。その音が段々と近付いてくるような気がして不安になった。その音がまた大きくなった時、近くの木の枝がザザッと鳴る。

椅子から立ち上がり、キョロキョロと周りを見回す。焚き火の光は周囲の木々に邪魔《じゃま》をされて奥《おく》まで届かない。その奥で何かが動いた気配がしたのだが、私には見えなかった。何かがおかしいと感じ、心の中に不安が広がる。

キャンプ場の管理棟《かんりとう》へ行って、管理人に相談しようと思った。懐中《かいちゅう》電灯とスマホを持って歩き出し、舗装《ほそう》道路まで出て管理棟へと向かう。後ろからヘッドライトのようなもので照らされて振《ふ》り向いた時、眩《まぶ》しい光が目に入り周りが見えなくなった。バチッと音がして何かが自分の身体《からだ》を貫《つらぬ》き、息ができないほどの痛みが全身を駆《か》け巡《めぐ》る。

自分の周囲で光が踊《おど》りだした。光の乱舞《らんぶ》、危険だと感じて逃《に》げようとするが、麻痺《まひ》したように身体が動かない。……動け、動け……強く念じたが、身体はピクリとも動かなかった。

光が近付き、もうダメだと思った瞬間、意識が闇《やみ》に呑《の》まれた。

◆◆◇◇◆◆◇◇◆◆

私は神宮司善《じんぐうじぜん》、暗闇の中から意識が浮《う》かび上がり寒さを感じた。目を開けようとしても目蓋《まぶた》がピクリとも動かない事に気付く。

「抗体免疫《こうたいめんえき》ナノマシンと言語素子ナノマシンに続き、体内調整ナノマシンを注入しましゅ」

「早くじろ」

変な訛《なま》りのガラガラ声が聞こえる。その言葉は日本語ではなかったが、完全に理解できた。何が起きている？　ここは病院なのか？　肩《かた》にチクリと痛みが走る。注射を打たれたようだ。

「どれくらいじぇ動けるようになる？」

「約一時間《アクス》で、動けるようになりましゅ」

空気が抜《ぬ》けるような変な訛りを感じる声が聞こえた。私の耳に『一アクス』という言葉が聞こえると同時に、それが約一時間の事であるというのが分かった。頭の中で自動的に翻訳《ほんやく》された感じである。

「こいつぎゃ動けるようになったら、お前が面倒《めんどう》を見て訓練を始めろ。いいな」

「わ、分かりました」

何の話だ？　訓練というのは何だ？　ここはどこなんだ？

ピクリとも身体を動かせないまま時間が過ぎた。すると、身体の奥に熱を感じ始めて少しずつ身体が動くようになる。目蓋が開いて周りが見えるようになった。そして、一番に目に入ったのが首から下は人で、その上に犬の頭が乗っている犬人間だ。その犬の顔は柴犬《しばいぬ》に似ている。ハロウィンかよ、病院でコスプレはないだろう。どんなアニメに出てきたキャラクターなんだ？

「バナツゥ、起きるのでしゅ」

私に向かって犬人間が言った。なぜか語尾《ごび》が変な風に聞こえたが、聞き間違《まちが》いか？　それにバナツゥって何だ？

『ここは病院なのか？』

日本語で尋《たず》ねると、犬人間の顔が歪んだ。えっ、仮装用のマスクじゃないのか？

「そんな言葉は分からない。公用語のガパン語で話せるはずでしゅ」

この犬人間は『す』が発音できずに『しゅ』に変わるようだ。それは良いとして、無理だと言おうとして、できそうなのに気付いた。自分の頭の中にガパン語に関する知識があったのだ。

「あなたは誰？　ここは病院なのか？」

ガパン語を使ってみた。自分自身でも驚《おどろ》いたのだが、ちゃんと喋《しゃべ》れた。どうなっているんだ？

「僕《ぼく》はクーシー族のサリオ・バラケル。ここは病院ではない、ゴヌヴァ帝国《ていこく》の補給艦《ほきゅうかん》ブラバの中でしゅ」

船だと……海の上なのか？　私は変な形のベッドの上で上半身を起こした。周りを見回すと金属製らしい壁《かべ》に囲まれた小さな部屋である。そこに四つの酸素カプセルのような奇妙《きみょう》なベッドが置かれており、その一つに寝《ね》ていたようだ。

「降ろしてくれ。帰らないと……」

ここが日本ではないらしいのに気付いて言葉に詰《つ》まる。その犬人間は哀《あわ》れな者を見るような目を私に向けた。

「何を言っているのでしゅ。ここは宇宙《うちゅう》でしゅよ」

犬人間は私を展望室のようなところへ連れて行った。窓から外を覗《のぞ》き見て言葉を失う。そこには漆黒《しっこく》の闇を背景に小さな光が無数に輝いていた。その光景が異常な事に気付いた。下方を見ても海面が見えない、どうなっている。本当に宇宙という事はないはずだ。

ここが宇宙のはずがないという気持ちは、犬人間が次に連れて行った倉庫のような場所で完全に否定された。その倉庫に足を踏《ふ》み入れた瞬間、自分の身体が浮き上がり天井《てんじょう》に頭をぶつける。そこには重力がなかったのだ。サリオに手伝ってもらって倉庫の外に出る。

「ああっ……」

絶望的な気分になると同時に混乱した。キャンプを楽しんでいたはずなのに……。

「分かったでしょ。ここは宇宙でしゅ」

「で、でも、さっきの部屋には重力があった」

「あれは人工重力。乗組員が暮らす場所には、重力を発生させているのでしゅ」

地球と同じ重力加速度ではなかったが、それに近い人工重力を発生させているらしい。この時点で、当然のように人工重力があるというサリオを地球人でないと理解する。頭の部分が犬なのは、作り物ではなく本物だという事だ。私がどうして宇宙船の中に居るのか質問した。

「鬼人族の闇シンジケートから、違法の下級民として、バナツゥをゴブリン族の軍が買ったのでしゅ」

私は『バナツゥ』と呼ばれているらしい。それはどうでも良いが、私は宇宙の犯罪集団に捕獲《ほかく》され、奴隷《どれい》にも等しい下級民として、ゴブリン族の軍に売り払《はら》われたという。

乗っている船は、そのゴブリン族が建造した補給艦だという。艦内に模型があったので見せてもらったが、昔のディーゼル機関車のような厳《いか》つい感じがする形状をしていた。ちなみに大きさは全長百七十メートルで、ダークグリーンに塗装《とそう》されていた。ゴブリン族の軍艦はダークグリーンと決まっているそうだ。でも、ゴブリン族というのは何だ？　私が知っているゴブリン族はファンタジーに出てくる小さく醜《みにく》い小鬼だけなんだが。

落ち着こうとしたが、無理だった。下級民、奴隷という言葉が頭の中で渦《うず》を巻き、混乱して限界に達した。パニックを起こした私は、家に戻せと叫《さけ》んで拉致した宇宙人を罵《ののし》った。これは日本語だったので、サリオには分からなかったようだ。叫び疲《つか》れて冷静になると、サリオが見慣れた光景だという感じで見ているのに気付く。

「本当に戻れないのか？」

「泣き喚《わめ》いても戻れないでしゅ。逆らえば、殺されましゅ」

殺されると聞いてゴクリと生唾《なまつば》を飲み込《こ》む。

「首の後ろを触《さわ》ってみるといい、現実が分かるから」

首の後ろに手を回して触ると、そこが何か埋《う》まっているせいで瘤《こぶ》になっているのに気付いた。サリオに目を向ける。この犬人間の年齢《ねんれい》が分からない。歳上《としうえ》なんだろうか？　それとも歳下？

「これは何です？」

「調教端子《たんし》でしゅ。コントローラーを持つ者がスイッチを押《お》せば、全身を激痛が襲《おそ》う仕掛《しか》けになっている。酷《ひど》い時には死にましゅ」

「そのコントローラーを持っているのは、誰なんです？」

「部隊長が持っていましゅ」

部隊長と呼ばれるヴァルボは、機動偵察《ていさつ》部隊の指揮官だそうだ。

「さあ、訓練室に行きましゅよ」

サリオは人工重力のない区画にある訓練室に私を連れて行った。訓練室だと言っていたので、トレーニングマシンが並んでいるのかと思ったが、長い通路だった。その通路には、棒や輪っかなどの障害物があった。

「変な通路ですね」

「障害物を回避《かいひ》しながら、通路を往復する訓練でしゅ」

難しそうには見えなかった。

「言っておくけど、通路は無重力になっていましゅ。慣れないうちは難しいと思う」

一歩足を踏み出すと身体が浮いた。倉庫で体験した時と同じだ。その時、宇宙飛行士の話を思い出す。無重力状態では血液などの循環《じゅんかん》が影響《えいきょう》を受けるので、顔がむくんだり鼻が詰まったりするらしい。だが、そんな感覚はない。それをサリオに確かめると、注射した『体内調整ナノマシン』が自動的に調整してくれているという。そうしているうちに、頭が天井にぶつかる。

「さあ、訓練開始でしゅ」

天井に手を当てて自分の身体を前に押し出す。その力で前進を始めるが、思ったように進まない。ジタバタしながら通路を往復した時には疲れ果てていた。さすがに五十五歳だとすぐに体力が尽《つ》きて動けなくなる。

「はあはあ……上手《うま》くいかない」

「考えて行動しないからでしゅ。重力がないという事を前提に動くのでしゅ」

言うだけなら簡単なんだ。通路を五十回ほど往復させられた。終わった時にはへろへろになったが、何とか無重力状態で動くコツみたいなものを掴《つか》んだ。それから訓練が何日も続き、無重力状態でも自由自在に動けるようになった。その間に気付いた事がある。自分の肉体が若返り始めていると思われる事だ。肉体に何かしたのかとサリオに尋ねた。

「『抗体免疫ナノマシン』『言語素子ナノマシン』『体内調整ナノマシン』の三つを体内に注入していましゅ」

サリオが言うには、『抗体免疫ナノマシン』と『体内調整ナノマシン』が機能して、少しだけ肉体が活性化しているそうだ。長命化処置を行った訳ではないので、若返った訳ではないらしい。ちなみに、『抗体免疫ナノマシン』は免疫機能を高めるナノマシンで、標準的な細菌《さいきん》やウイルスから身体を守る。そして、『体内調整ナノマシン』は無重力などの惑星《わくせい》上とは違う生活環境《かんきょう》での健康をサポートするためのものだという。


無重力空間での訓練が終わった後、ロボットを相手に体術の訓練が始まる。そのロボットは体長が二メートルほどもある豚《ぶた》人間、オークの形をしていた。無重力状態でも重力があっても俊敏《しゅんびん》に動き、太い手と足で攻撃《こうげき》してくる。その手と足にはグローブやレガースのようなものが付いており、攻撃されても死なないようになっていた。

だが、その打撃は涙《なみだ》が出るほど痛く、青アザが残った。私がもう嫌《いや》だとゴネると、我々の様子を監視《かんし》していた指揮官のヴァルボが出てきた。身長は百四十センチほどで、緑色の肌《はだ》、醜い顔、長い耳という特徴《とくちょう》がある。まるでファンタジーアニメに出てくるゴブリンのようだった。ただ未来的な宇宙服を着ているので、もの凄《すご》く違和感がある。

「サリオ、何をじている。新人の教育もじぇきないのぎゃ？」

このガラガラ声と訛りには聞き覚えがある。

「申し訳ありません」

怯《おび》えた顔をしたサリオがペコペコと謝《あやま》る。それを見た私は、この小さな異星人に対して怒《いか》りが湧《わ》き起こった。不服そうな目でゴブリンを睨《にら》む。

「貴様、その目は何だ？　どうやら痛い目を見ないと状況《じょうきょう》が分からんらじいな」

歯を剥《む》き出しにしたゴブリンが、手元の何かを操作しようとする。

「お待ちください」

サリオが止めたが、そのゴブリンは何かのボタンを押した。その瞬間、全身に稲妻《いなずま》が走り抜けて全身の神経を焼き尽くそうとしているかのような激痛が走った。『やめてくれ』と叫ぼうとしたが、痛みで叫ぶ事もできない。心臓が変な感じで鼓動《こどう》し、このままでは死ぬと覚悟《かくご》した。

「バナツゥはまだ何も分かっていないのでしゅ。今回だけは勘弁《かんべん》してください」

サリオは必死で頼《たの》んだ。ゴブリンが不機嫌《ふきげん》そうに顔を歪め、ボタンをもう一度押した。激痛は消えたが、心臓が破裂《はれつ》しそうなほど速く鼓動を続けている。

「よく教育じておけ」

そう言ってゴブリンが去って行った。その時、私は床《ゆか》に倒《たお》れていた。心臓が落ち着いた頃、上半だけ起き上がる。サリオがホッとしたような表情を見せた。

「今ので分かったでしょ。調教端子が作動すると今のようになるんでしゅよ。もしかしゅると、死んだかもしれないのでしゅ」

サリオは調教端子が作動した下級民が、心臓発作で死んだ事があると教えてくれた。嘘《うそ》ではなく本当だと実感した。あのゴブリンには反抗してはいけないという事である。それ以降、不満を言わずに訓練を熟《こな》すようになった。ただ五十五歳の肉体はすぐに限界に達して酷い筋肉痛になった。数日間はちゃんと歩く事もできない有様である。

十数日が経過すると何とか訓練を熟せるようになったが、一つだけ我慢《がまん》できないものがあった。それは、ここの食事だ。不味《まず》い、とにかく不味いのだ。歯磨《はみが》き粉のようなチューブに入っているのだが、ほとんど味がせず微《かす》かにドブ臭《くさ》い風味がする。

「サリオ、こいつの他には食べるものはないのかい？」

クーシー族であるサリオたちは、コラド星の第四惑星で暮らす種族なのだそうだ。運悪く宇宙海賊《かいぞく》に捕《つか》まり、ここに売り飛ばされたらしい。歳は十八歳で若い。私とは年齢が離《はな》れているが、友人のような関係を築く事ができた。

ちなみに標準時間は、ほとんど地球と同じだった。一日が二十四時間に区切られ、一年が三百六十日だ。地球とあまり大差はないようである。ただ時間に関しては正確なものではない。時計やスマホを持っていなかったので、そんな感じがするという程度である。

「ないよ。下級民は皆《みな》これを食べていましゅ」

この保存食チューブは宇宙の完全食と呼ばれている。いくつか種類があるらしいが、多くの種族にとって生存に必要なすべての栄養素とカロリーが入っているらしい。

「クーシー族は、宇宙船を持っている種族なんだよね？」

「持っていましゅけど、それが何？」

「サリオたちが攫《さら》われたのなら、捜索隊《そうさくたい》が出動して捜《さが》しているんじゃないか？」

「たぶん捜しただろうけど、ゴブリンの宇宙海賊に捕まったと分かった時点で、引き上げたと思う」

「仲間が海賊に捕まったのに、なぜ？」

「ゴブリン族は、三つの星系を支配しゅるゴヌヴァ帝国を築いているからでしゅ。奴《やつ》らに逆らえば、故郷の星に攻《せ》め込まれて帝国に組み込まれてしまう」

クーシー族は、宇宙で活動している種族の中でも弱小種族に分類されるようだ。それにしてもゴブリンが星間帝国を築いているなんて信じられない。

「ところで、私は何のために訓練させられているのだ？」

サリオが溜息《ためいき》を漏《も》らす。

「今頃になって、その疑問を尋ねるのでしゅか。まあいいでしゅ、この補給艦の目的地は、ゴルゴナ星系でしゅ。最近になって封鎖《ふうさ》が解けた星系でしゅ。その星系で僕たちはオーク族と戦う事になりましゅ」

ゴブリン族とオーク族は、ほとんど同時にゴルゴナ星系が解放された事に気付き、その星系を領土とするために戦っているという。ちなみに、封鎖していたのは天神族の中の一種族だという。天神族って何だ？

「敵はオークだけじゃない。その星系にはモンスターも居るのでしゅ」

「モンスター？」

モンスターと聞いて、天神族というキーワードが頭の奥へ押しやられた。サリオがモンスターについて教えてくれた。惑星上や宇宙空間に棲息《せいそく》している化け物で、『星害龍《せいがいりゅう》』または単純にモンスターと呼ばれる生物兵器が宇宙や惑星に逃げて野生化したものだという。

「生物兵器だって、そんなものを誰が作ったんだ？」

「アウレバス天神族でしゅ。この宙域において最も強大な勢力と超《ちょう》高度な文明を誇《ほこ》る三種族の中の一つでしゅ」

天神族と呼ばれる種族には、生命工学を極限まで発達させたアウレバス天神族、機械文明を極限まで発達させたモール天神族、精神文明を極限まで発達させたリカゲル天神族がある。この天神族に比べれば、ゴブリン帝国など『鼻クソ』のような存在らしい。そんなゴブリン帝国に怯えているクーシー族はどうなんだという話になるが、そのクーシー族より遅《おく》れている地球人の事を考えると悲しくなった。

ちなみに、ゴブリン族が地球人より知能が高い訳ではない。ゴブリン族は古い種族であり、遥《はる》か昔に宇宙文明種族とコンタクトし、その種族から知識を教えられて宇宙に進出したのである。という事なので、ゴブリン族が新しい何かを発明したという実績はない。別の文明種族が発明したものをパクリ、自分たちの社会で使っているだけなのだ。

「そのモンスターを狩《か》る職業もあるのでしゅよ」

その職業というのは『屠龍《とりゅう》猟兵《りょうへい》』と呼ばれており、ファンタジー小説に出てくる冒険者《ぼうけんしゃ》みたいなものらしい。魔物《まもの》を倒して貴重なものを回収するというのは同じだと感じた。倒すのが地上のモンスターだけではなく、宇宙に居るモンスターもというところが違う。

「それでモンスターというのは、どんな化け物なの？」

「宇宙空間で一番弱い『宇宙クリオネ』が、体長が一メートルから十数メートルになるモンスターでしゅ」

それを聞いて顔から血の気が引いた。

「そんなモンスターと戦うなんて無理だろう」

それを聞いたサリオが笑う。

「戦うのは素手じゃない。僕たちは機動甲冑《きどうかっちゅう》と呼ばれるパワードスーツを駆使《くし》して戦うのでしゅ」

但《ただ》し、ゴブリン族が製造した機動甲冑は、最低ランクのものらしい。

「その機動甲冑は、簡単に使えるようになるのかい？」

「いえ、厳しい訓練が必要でしゅ。これから始めるのが、その訓練になりましゅ」

サリオが実物の機動甲冑を持ってきた。外観はテレビで見た事がある宇宙戦争を題材にした映画に出てくる白い装甲《そうこう》の兵士に似ている。その機動甲冑を着装した人間は、通常の三倍ほどのパワーを出せるようになるそうだ。例えば、五十五歳の私でも垂直跳《すいちょくと》びで百二十センチ以上跳躍《ちょうやく》できるようになる。もちろん、それは地球と同じ環境でという事だ。

ただ与《あた》えられた機動甲冑は、ゴブリンたちが練習用として製造した装備を改造したものらしい。本来の機動甲冑は、最低でもパワーを八倍ほどに強化するという。背中には無重力空間を移動するためのスラスターパックが付属している。小さなリュックほどの大きさで二十分ほど連続でガス噴射《ふんしゃ》する事ができる。

「さあ、着装してみましょう」

まず『バイオスーツ』と呼ばれる宇宙服を着る。体形にピッタリの全身タイツのようなもので身体を締《し》め付け、気圧ゼロの環境で身体が膨張《ぼうちょう》するのを防ぐ。

それからサリオに教えてもらいながら機動甲冑を着装する。大きさの微《び》調整ができるらしくサイズが合わないという事はなかった。そして、機動甲冑の腰《こし》の部分にあるスイッチで起動する。目の前にある透明《とうめい》な装甲レンズに文字が表示される。起動時のチェックをしているようだ。最後に『チェック終了《しゅうりょう》、異常なし』という文字が表示された。それをサリオに伝える。

「それじゃあ、重力がある場所で動く訓練をしましゅ」

新たな訓練が始まった。この機動甲冑は使用者の動作を感知し、その力を三倍に増強する。そのせいで何度も転んだ。それは機動甲冑の重量が三十キロほどあるというのも原因の一つだった。

「はあはあ……うわっ」

機動甲冑を着装したまま十五キロほど走って倒れ、起き上がれなくなった。

「ゼンは、力を入れすぎでしゅ。機動甲冑がサポートするのでしゅから、そんなに力は必要ありません」

今まではバナツゥと呼ばれていたが、サリオと親しくなって元の名前を呼ばれるようになった。

「ははあ……慣れていないんだから、仕方ないだろ」

「時間がないのでしゅ。そんな事じゃ、宇宙クラゲにも負けてしまいましゅよ」

「でも、力が強くなっても、十メートルもあるような宇宙クラゲは倒せないだろう。武器は何を使うんだ？」

「スペース機関銃《きかんじゆう》でしゅ」

ガパン語ではゼロ気圧で撃《う》てる機関銃という意味なのだが、頭の中の言語素子ナノマシンがスペース機関銃と翻訳したようだ。

「あの火薬を使って銃弾《じゆうだん》を発射する機関銃？」

「そうでしゅ」

機関銃と言っても、地球にあるようなものではなく宇宙空間でも使えるように改良されたものらしい。

「しかし、銃弾なんて小さなものだ。そんなもので、宇宙クラゲが倒せるのだろうか？」

「スペース機関銃の銃弾には、炸裂弾《さくれつだん》を使用しましゅ。命中したら爆発《ばくはつ》しましゅから、宇宙クラゲの核《かく》を狙《ねら》って撃てば倒せましゅ」

「なるほど。でも機関銃なのか、もっと進化した武器を使うのかと思っていた」

「そういう武器もありましゅが、高価なのでゴブリン族は僕らのような従属兵には使わせません」

私はゴブリン族の科学が、どれほど進んでいるか尋ねた。

サリオが文明世界のレベルについて説明してくれた。この宙域では文明レベルを公用語であるガバン語の文字を使って表し、それをアルファベットに変換《へんかん》すると次のようになる。

レベルＧ：宇宙へ進出していない文明
レベルＦ：宇宙には進出しているが、宇宙開発はほとんど行われていない文明〈地球〉
レベルＥ：他の惑星開発が行われているが、自力で恒星《こうせい》間移動ができない文明
レベルＤ：低レベルな恒星間移動手段を開発し、複数の恒星を支配下に置く文明
レベルＣ：高度な恒星間移動手段を開発し、数百の恒星を支配下に置く文明
レベルＢ：一万以上の恒星を支配下に置く強大な文明
レベルＡ：銀河系全域で活動するが、他の銀河へは到達《とうたつ》できない文明
レベルＳ：銀河系全域で活動し、他の銀河まで到達できる文明〈天神族〉

サリオの種族はレベルＥで、地球はレベルＦに相当する。たった一つしかレベルが違わないが、大きな差があると感じた。ちなみに、レベルＦ以下の文明は保護すべき知的生命体として干渉《かんしょう》不可というルールを天神族が決めている。本来ならゴブリン族が自分のような地球人を下級民として使う事は処罰《しょばつ》の対象になるのだが、広大な宇宙なのでバレないと考えているようだ。

「ゴブリン族は、レベルＤなのか。見かけによらず凄いんだな」

サリオが首を振って否定した。こういう仕草は地球人と同じだ。

「違う違う。ゴブリン族はレベルＥでしゅよ。あいつら自力では恒星間移動できる航宙船《こうちゅうせん》を造れな

いのでしゅ」

「じゃあ、どうやって光より速く移動するんだ？」

ゴブリン族は超光速飛行の技術を持っている種族から装置を買って利用するか。超光速飛行を提供するサービスがあるので、それを使っているという。


私は訓練を続け、重力のある環境で自在に動けるようになると、無重力状態で動く訓練を始めた。そして、それもできるようになると、またオーク型ロボットと機動甲冑を着装した状態で戦う訓練である。そんな訓練が何日も続き、ようやく武器を使った訓練になった。だが、実弾が入った銃は支給されず、空砲《くうほう》が入った銃で訓練した。後はシミュレーターを使った訓練も行う。それらの訓練の結果、五十五歳という年齢の割には動けるようになった。

「しかし、何で私のような年齢の人間を兵士にしようと思ったんだろう？」

私はサリオに尋ねた。

「ゼンのようなヒューマン族なら、三百歳まで生きるのが普通《ふつう》だから、五十代なんてまだまだでしゅ」

ここでは五十代も若いという認識《にんしき》のようだ。しかし、私をゴブリン族に売った闇シンジケートは、絶対騙《だま》していると思う。調べれば老化が進んでいる事は分かったはずだからだ。シミュレーターでモンスターの宇宙クラゲやダンゴムシのようなモンスター『凶牙《きょうが》ボール』と戦って半々の確率で勝てるようになった。凶牙ボールというのは、体長四メートル、巨大《きょだい》なダンゴムシのようなモンスターで近付いて噛《か》み付く化け物である。

「今日も戦闘《せんとう》シミュレーションでしゅ」

「まだ続けるのか？」

「指揮官の命令でしゅ」

「はあっ、分かったよ」

私はバイオスーツだけを着て、シミュレーターに入った。このシミュレーターの内部は直径五メートルほどのドーム状になっており、その内部に本物に見える立体映像が映し出される。突然《とつぜん》周りが宇宙空間に変わった。私は機動甲冑を着装して宇宙を漂《ただよ》っている。手にはスペース機関銃を持ち、小惑星に近付いていた。突如《とつじょ》、小惑星の陰《かげ》から宇宙クラゲが飛び出してきた。

私はスペース機関銃を構え宇宙クラゲの核を探した。幅《はば》が六メートルほどもあるぷよぷよした巨体の内部に赤い球が浮かんでいる。それが宇宙クラゲの核だ。その核を狙って引き金を引く。音は聞こえないが、スペース機関銃が振動《しんどう》している感覚が伝わっている。これはシミュレーターが私の身体に微弱な電流を流して錯覚《さっかく》させているそうだ。宇宙クラゲの核を砕《くだ》いた瞬間、私はホッとして緊張《きんちょう》を解いた。それがいけなかったようだ。宇宙クラゲの後ろから凶牙ボールが飛び出し、私に噛み付いてきた。

「うわっ！」

巨大な口が私の頭をパクリと咥《くわ》えた。その瞬間、周りが真っ暗になって警報が鳴り響《ひび》く。明かりが点《つ》いてサリオの声が聞こえてきた。

「死亡でしゅ。油断はいけませんね」

溜息を吐《つ》くと、サリオが見ているカメラの方へ顔を向けた。シミュレーターでの訓練が続けられ、宇宙クリオネや宇宙クラゲ、凶牙ボールなら確実に倒せるようになった頃、補給艦ブラバが目的のゴルゴナ星系に到着した。

補給艦ブラバは、途中《とちゅう》何度か超光速で恒星間を飛んだらしいが、我々は睡眠《すいみん》カプセルで眠《ねむ》らされていたので、その間の事は全く分からない。ゴルゴナ星系の第三惑星をオーク族が支配下に置き、第五惑星をゴブリン族が支配下に置いていた。補給艦ブラバは第五惑星に接近し、ゴブリン族が支配下に置いた宇宙ステーションにドッキングする。

私とサリオは、補給艦ブラバの情報ネットワークに侵入《しんにゅう》して宇宙の様子を盗《ぬす》み見ていた。そのツールとして使っているのが、シミュレーターである。下級民は携帯端末《けいたいたんまつ》を持たせてくれないので、シミュレーターの通信機能を使って補給艦の情報ネットワークに侵入したのだ。サリオは情報ネットワークの技術に詳《くわ》しいらしい。ちなみに、私のスマホは行方不明である。たぶん捨てられたのだろう。立体ディスプレイには、漆黒の闇の中で輝く星の海の中に、茶色い惑星と六百メートル級の航宙砲艦が映し出されていた。その航宙砲艦がゴブリン族の旗艦だという。

「これがゴルゴナ星系か。こんなところで戦うんだな」

「そうでしゅよ。惑星にはモンスターも居るはずなのでしゅ」

それを聞いて怖《こわ》くなった。

補給艦ブラバに積まれていた補給物資が宇宙ステーションに運び込まれ、我々は補給艦ブラバから二級偵察艦ギョガルに引っ越した。二級偵察艦ギョガルは、全長百二十メートルほどの戦闘艦である。武装はレーザーキャノンと高速ミサイルだけという軽武装だ。但し、ゴブリン艦隊の中では最速の性能を持っていた。私とサリオは偵察部隊の他のメンバーと合流した。偵察部隊は六人チームで、部隊長であるヴァルボが指揮する。

他の三人はワーキャット族のベルタとリエト、ワーウルフ族のディマスである。ワーキャット族の二人は身長百五十センチほどで素早《すばや》く若い。そして、ディマスは身長百九十センチほどで歳は六十歳だという。チームを組んだ我々は一緒に訓練した。ワーキャット族のベルタとリエトは陽気でおしゃべりである。それに反してワーウルフ族のディマスは無口な男だった。ちなみにベルタだけが女性である。

訓練が終わって食事の時間になると、例の保存食チューブが渡《わた》された。それを見て顔をしかめる。ベルタがそれを見ていたようだ。

「ゼンも保存食チューブが苦手にゃの？」

ベルタが話し掛けてきた。ワーキャット族は大型の猫《ねこ》を人間にしたような種族だ。二足歩行のヒューマノイド型だが、全身が毛に覆《おお》われて顔は猫だ。ベルタは猫のソマリに似ている。そして、『な』の発音が『にゃ』になるのが、ワーキャット族の特徴だった。

「この保存食チューブは、食べ物じゃない。拷問《ごうもん》装置だ」

それを聞いたベルタの相棒であるリエトが頷《うなず》いた。

「その気持ち、分かるにゃあ」

ベルタとリエトは小さい時に闇シンジケートに売られた後、ゴブリン族の偵察兵になったという。二人の家族は故郷の星をなくした流浪《るろう》の民《たみ》で、二人を育てられなかったらしい。もう一人のディマスは戦争で捕虜《ほりょ》になってゴブリン族に売られたそうだ。故郷に残した家族の元に帰りたいとポツリと言った事がある。

訓練期間が終わり、偵察部隊が初めての任務に向かう事になった。我々は指揮官のヴァルボから、作戦の内容を聞いた。

「最初の目標は、いくつか存在する宇宙港の中のポンセ宇宙港と呼ばれているものだ。貴様らはポンセ宇宙港の中を調べ、その構造を調査じろ」

そのポンセ宇宙港というのは、アヌビス族が建造したものである。このゴルゴナ星系は元々アヌビス族のものだった。アヌビス族というのは、サリオたちクーシー族と同じ犬人間の種族だが、クーシー族が柴犬なら、アヌビス族はドーベルマンだ。アヌビス族は文明レベルCの種族で、三百ほどの恒星を支配していた時代もあった。但し、天神族と敵対した事が原因で今は滅《ほろ》んでいる。

それを聞いた時、私は自殺願望があるか、馬鹿《ばか》だと思った。天神族は圧倒《あっとう》的な力を持つ存在である。三百ほどの恒星を支配していたと言っても、文明レベルCの種族が天神族に敵対する。それは考えられないほどの愚行《ぐこう》だ。アヌビス族の最後をサリオから聞いたが、リカゲル天神族に一日ほどで滅ぼされたという。背筋が寒くなるような話だ。天神族の圧倒的な力を感じさせる情報だった。

我々は部屋に戻って機動甲冑を着装すると、偵察艦ギョガルがポンセ宇宙港に着くのを待った。偵察艦ギョガルがポンセ宇宙港の近くまで接近すると、我々に出撃の命令が下った。その出撃命令で、我々の部隊を含《ふく》めた三つの偵察部隊が出撃した。

偵察艦ギョガルのエアロックから宇宙空間に飛び出した我々は、背中にあるスラスターパックからガスを噴出《ふんしゅつ》させてポンセ宇宙港へ向かう。私にとっては初めての宇宙空間だ。何も問題は起きていないのだが、ただ宇宙空間に居るというだけで呼吸が速くなり嫌な汗《あせ》が背中に噴《ふ》き出す。暗い宇宙空間の中で私一人だったらパニックになっただろう。しかし、私の前にはサリオたちが飛んでいた。仲間の存在によりパニックに陥《おちい》らずにポンセ宇宙港まで飛べた。

ポンセ宇宙港は長さ三キロほどもある巨大なものだったが、破壊《はかい》されていた。外壁《がいへき》にはいくつかの穴が開いており、その中の恒星側にある直径五メートルほどの穴から中に入る。私とサリオは組んで行動するように命令されているので一緒に通路を進んだ。

「ゼン、帰るのにスラスターパックを使わなきゃならない。無駄遣《むだづか》いはダメでしゅ」

「分かった」

我々は空気も重力もない通路を先に進んだ。先頭はベルタとリエト、真ん中に部隊長のヴァルボとディマス、最後尾《さいこうび》に私とサリオという順番だった。無重力なので床はもちろん壁や天井を蹴《け》って前進する。

「この先に扉《とびら》ぎゃある。その中を調べるんだ」

扉があると知っているという事は、偵察マシンで一度調べているのだろう。偵察マシンというのは小さなドローンのようなものである。リエトが扉の前に行ってロックされているかどうかを確認した。

「ヴァルボ隊長、扉はロックされています」

「さっさと破壊じろ」

こういう時のために爆薬を持ってきていた。ベルタとリエトが扉に爆薬を仕掛けて戻ってくる。

「やれ」

ヴァルボの命令で起爆スイッチが押され、扉が爆破された。空気がないので爆発音は聞こえないが、壁に触《ふ》れていた手に振動が伝わった。扉の破片《はへん》が飛び散り、しばらくは近付けない。それが収まった後、我々は爆破した扉から中に入った。その部屋は広い倉庫だったようだ。様々な荷物が宙を漂っている。何かの部品だと思われるものが多い。たぶんポンセ宇宙港で使われていた機械の修理用部品なのではないかと思う。但し、ほとんどが壊《こわ》れているようだ。

「奥まで行って丹念《たんねん》に調べろ。何きゃ使えるものぎゃないきゃ探すんだ」

ヴァルボが曖昧《あいまい》な命令を出した。爆発の影響で漂っている荷物が邪魔で、奥へ行くのが難しくなっていた。それでも命令なので奥へ行くと一畳《じょう》ほどの広さがありそうな金庫が床に固定されていた。だが、鍵《かぎ》の部分が壊れている。金庫か、壊れているから使えるものじゃないな。いや、中身が問題か？　保留だな。周りを見るとサリオやベルタたちは漂う荷物のせいで姿が見えなくなっている。私は他に何かないか探した。そして、倉庫の奥に部屋があるのを発見する。ドアが開いており、中に入ると新品の宇宙服らしいものが宙を浮いていた。私は近付いてヘルメットの中を覗いた。

「うわっ！」

反射的に跳《と》び退《の》いた。宇宙服の中にミイラのような遺体が入っていたのだ。落ち着いてから、他に何かないか探す。すると、部屋の奥にシートを被《かぶ》せている荷物があるのに気付いた。そのシートの御蔭《おかげ》で荷物が散らばらず破損もせずに済んだらしい。シートは金具で床に固定されている。その金具を一個だけ外す。すると、一部分だけシートが捲《めく》れて中が見えた。中にあったのは整備ロボットのようだ。箱に最新型の軍用整備ロボットだと書かれていた。但し、何十年も前に最新型だったものだ。その箱が五十個ほど積まれているようだ。

「戻ってこい」

通信機からヴァルボの声が聞こえてきた。私は急いで入り口の方へ向かい、皆と合流した。

「全員揃《そろ》ったな。報告じろ」

最初にディマスが報告を始めた。

「漂っている部品などは、ほとんど壊れているようです。そして、床に固定されている大きな箱を見付けました」

この報告はヴァルボの興味を引いたようだ。

「中身は何だったのだ？」

「小型連絡艇《れんらくてい》です」

長さ十五メートルほどの六人乗り連絡艇だという。

「それは動くのか？」

「分かりません。新品だったとしても、どれほど古いか分かりませんから」

ベルタとリエト、それにサリオは何も見付けられなかったようだ。私の番となり、最初に金庫の事を報告する。

「奥で床に固定された金庫を発見しました。そして……」

報告が遮《さえぎ》られ、ヴァルボが醜い顔を歪めて質問する。

「待て、金庫だと。中を調べたのか？」

「ロックされていたので、調べられませんでした」

「チッ、役に立たん奴だ。その金庫を調べに行くぞ」

「あのー」

私が報告の続きを言おうとすると、ヴァルボが睨んだ。

「お前は黙《だま》って命令に従えばいいんだ。その金庫のところへ案内じろ」

私は金庫に案内した。金庫を見たヴァルボがニヤリと笑う。

「爆薬で金庫を開けろ」

ディマスが金庫に爆薬を仕掛ける。そして、我々は倉庫の外に避難《ひなん》した。爆薬が爆発し、入り口から様々なものが飛び出してきた。爆発の影響が収まるのを待って倉庫に入る。金庫の扉が開いており、金属のインゴットが宙を漂っている。ただ整備ロボットがある部屋の入り口が、爆発で吹《ふ》き飛ばされた残骸《ざんがい》で埋まって見えなくなっていた。

ヴァルボが漂っている金属のインゴットを手に掴んで叫び声を上げた。不気味な声だと思ったが、それは喜びの叫びだったようだ。そのインゴットは『ガリチウム』という金属だったらしい。地球に存在しない金属であるガリチウムは、特殊《とくしゅ》な宙域でのみ採掘《さいくつ》されるものだ。十トンもあれば、中型の亜光速輸送船が買えるほどの価値がある。

「あっ」

ディマスが声を上げた。彼《かれ》が見付けた小型連絡艇が、今の爆発で飛び散った残骸とぶつかり壊れていたのだ。

「チッ、あの小型連絡艇は元々壊れていたのだ。それよりギャリチウムを回収じろ」

私たちは宙を漂っているガリチウムを二トンほど回収し、偵察艦ギョガルに戻った。ヴァルボは胸を張って艦長に報告したらしい。このような取得物は偵察艦ギョガルの所有物となり、その利益は艦長たちやヴァルボで分配するようだ。ただ発見した私やサリオたちには何もなかった。相変わらず保存食チューブが配られただけである。この時は、ヴァルボを殺して脱走《だつそう》しようかと思った。だが、首の後ろに埋められている調教端子は、ボタン一つ押されただけで死ぬほどの苦痛を私に与える事ができる。

その後もポンセ宇宙港の探索《たんさく》を続けた。そして、整備ロボットの事を報告する機会を失ったまま時間が過ぎた。そんな頃、宇宙クラゲの群れがポンセ宇宙港に近付いた。ヴァルボが探索を中止するだろうと思ったが、我々偵察部隊に宇宙クラゲの駆逐《くちく》命令が出た。

「何で我々なんだ。機動航宙隊も居るんだろ?」

私はサリオに尋ねた。機動航宙隊というのは、宇宙の海兵隊みたいなものだ。機動航宙隊も機動甲冑に似たものを使っているが、我々の機動甲冑より高性能で武装もスペース機関銃より威力《いりょく》のあるものを使っている。だから、偵察部隊に宇宙クラゲ狩りなんかさせずに、機動航宙隊にさせれば良いと思ったのだ。

「無駄でしゅよ。ゴブリン族の軍隊というのは、まず下級民の従属兵に戦わせ、それが壊滅《かいめつ》したらゴブリン族の兵士が前に出るというやり方なのでしゅ」

このやり方は歴史的なもので変わる事はないという。我々は武装してポンセ宇宙港に向かった。他の偵察部隊も来ているはずだ。通路を通って航宙船の航宙バースに向かう。航宙バースというのは荷物の積み降ろしをする場所で、ここの航宙バースは五隻《せき》の航宙船が荷物の積み降ろしができるほどの広さがある。そこへの入り口はエアロックになっており、そこを通り抜けて航宙バースへ入る。

「あれっ、宇宙クラゲが居ないじゃないか」

広い航宙バースを見渡すと宇宙クラゲの姿がない。外壁の一部が破壊されて大きな穴が開いているので、そこから出入りしているのかもしれない。そんな事を考えていたら、穴から宇宙クラゲが入ってきた。幅が八メートルほどもあるモンスターだ。私はスペース機関銃の銃口を宇宙クラゲの核に向けて引き金を引いた。発射時の反動が肩を叩《たた》き、その力で後ろに移動する。しまった。足裏の電磁石を作動させるのを忘れていた。電磁石を作動させ、鉄分を含んだ床に密着した。宇宙クラゲを見ると、炸裂弾に核を破壊されて死んでいる。ホッとした次の瞬間、穴から宇宙クラゲが次々に入ってきた。

「攻撃だ。あいつらを殲滅《せんめつ》じろ！」

ヴァルボがダミ声で命じる。我々は襲ってくる宇宙クラゲを狙って引き金を引き続けた。私が四匹《ひき》目を倒した時、残りの銃弾が少なくなっているのに気付く。それは他の皆も同じだった。

「隊長、残弾が少なくなっています」

ディマスがヴァルボに報告する。ヴァルボが目をキョロキョロさせて多数の宇宙クラゲが残っているのを確認してから命じた。

「お前らは最後まじぇ戦え、おらは報告のために戻る」

「そんな……我々に死ねと言うんですか？」

ディマスが抗議する。ヴァルボが調教端子のコントローラーを見せた。

「こいつで殺じてもいいんだぞ」

そう言うと逃げていった。ヴァルボが去り、従属兵の我々だけが残った。しかもヴァルボは出入り口のエアロックを封鎖したようだ。

「あいつ、エアロックを封鎖しやがった。どこか別の逃げ道はないか？」

ディマスが吠《ほ》えるように言う。その間も宇宙クラゲが襲ってきており、私は六匹目を倒した。

「あそこを見て！」

サリオの大声が通信機から聞こえた。サリオが指差している方向にエアダクトのようなものがあった。我々はエアダクトに向かって走り出した。その我々を宇宙クラゲが追ってくる。クソッ、百メートルくらいなのにやけに遠く感じる。最初にディマスのスペース機関銃が弾切《たまぎ》れとなり、宇宙クラゲの触手《しょくしゅ》がディマスの身体を捕まえた。そいつの核を狙って引き金を引いたが当たらない。走りながら命中させるというのは難しい。ディマスの口から血が吐き出された。触手に握《にぎ》り潰《つぶ》されたのである。次にベルタとリエトが宇宙クラゲに捕まった。

「助けて！」

通信機から聞こえてくるベルタの声。私は立ち止まって宇宙クラゲに向かって引き金を引く。その炸裂弾が核に命中したと同時に、ベルタとリエトの身体から力が抜けた。命中した瞬間にベルタたちを握り潰したのだ。

「クソッ」

私はベルタとリエトを殺した宇宙クラゲにスペース機関銃の筒先《つつさき》を向けて引き金を何度も引く。

「ゼン、二人は死んだのでしゅ。逃げましゅよ」

サリオの声で私は走り出した。背後には宇宙クラゲの群れが迫《せま》っている。サリオがエアダクトに向かってスペース機関銃を撃った。爆発でエアダクトの入り口を塞《ふさ》いでいたダストカバーが吹き飛んだ。

最初にサリオがエアダクトに跳び込んだ。次に私が跳び込み奥へと進む。宇宙クラゲが触手を伸《の》ばしてきたが、十メートルほど進むと触手も届かないようになった。

2.

天神族と巨大モンスター

宇宙《うちゅう》クラゲから逃《に》げ切った私とサリオは、恐怖《きょうふ》から解放された。

「助かった。危なかったでしゅ」

通信機からサリオの声が聞こえてくる。私は狭《せま》いエアダクトの中で頭を抱《かか》えてうずくまり、死んだ三人の姿を思い出していた。こんな世界はクソッタレだ。何でこんな事になるんだ? ベルタ、リエト、ディマス……済まない。

「ゼン、僕《ぼく》らは兵士なのでしゅ。仲間が死んでも悲しんでいる暇《ひま》はないのでしゅ」

サリオは私より歳上《としうえ》なんじゃないかと思う時がある。たぶんゴブリンの従属兵として多くの事を諦《あきら》めた経験から、そのような性格が形成されたのだろう。この時もそうだ。サリオが言っている事は分かるが、我々は見捨てられたという事実もある。それを指摘《してき》するとサリオが溜息《ためいき》を吐《つ》く。

「まさか、偵察艦《ていさつかん》ギョガルに戻《もど》るつもりなのか?」

「僕だって戻りたくはないでしゅが、このままでは機動甲《きどうかっ》冑《ちゅう》の水がなくなって死にましゅ」

機動甲冑の空気は再生して使っているので、電源が尽《つ》きるまで使える。ただ水は少ししかなかった。このままなら四、五日で死ぬだろう。私とサリオは話し合い、この宇宙港で生き残る方法を最後まで探すという事になった。見付からなかったら偵察艦ギョガルに戻るという事だ。

我々はエアダクトを奥《おく》へと進んだ。そして、空気の流れを制御《せいぎょ》していただろう施設《しせつ》に辿《たど》り着いた。だが、そこは完全に破壊《はかい》されており、大きな穴が開いているだけとなっていた。私とサリオはそこから通路へ出た。その通路を辿って進み、途中《とちゅう》にあった部屋を調べる。

宇宙港は一つの町ほどの規模があり、店舗《てんぽ》や工場、住居などもある。我々は工場や修理用ドックがある区画へ向かった。宇宙港の外壁《がいへき》に近いところに造船ドックや修理工場が集中していた。そこにならら何かあるのではないかと考えたのだ。大きな修理用ドックや工場から先に調べたが、何も残っていなかった。天神族は徹底的《てっていてき》に航宙船《こうちゅうせん》の製造施設を破壊したようだ。

「ここまで破壊する必要があったのか、というくらい破壊されているな」

瓦礫《がれき》の山の中で私が呟《つぶや》くと、サリオが頷《うなず》いた。

「何か探しているようにも見えましゅね」

サリオが意外な事を言った。

「探してる？　これだけ破壊しているのに？」

「機械装置だけでなく、何かを保管しゅる箱なども破壊していましゅ」

「私には全《すべ》てのものを破壊しているようにしか見えないよ。それにしてもアヌビス族は、何が原因で天神族の敵になったのだろう？」

「分かりません」

何時間か探しているうちに　工場街の一画に場違《ばちが》いに豪華《ごうか》な屋敷《やしき》があるのを見付けた。そこも破壊されているのだが、残った構築物から昔は豪華だったと分かる。

「これは大富豪か、貴族の屋敷だったのかもしれませんよ」

「こんな工業地帯に？」

「変でしゅね？　ちょっと調べてみましょう」

壊《こわ》れた屋敷の中を調べてみたが、徹底的に破壊されている。

「あれっ、これは地下通路じゃないか？」

床《ゆか》が陥没《かんぼつ》して地下通路のようなものが顔を覗《のぞ》かせているのを発見した。サリオが近付いてきて陥没している床を覗き込《こ》む。

「あっ、本当でしゅね。ここも調べてみましょう」

瓦礫をどかして地下通路に入ると宇宙港の外側へ続いていた。そこを進むと頑丈《がんじょう》そうな扉《とびら》があり、サリオが扉を調べて開きそうだという。元々は電子ロックされていたようだが、電源が切れて手動で開くようになっているそうだ。扉を開けると、小型航宙船の格納庫だった。そこには新品同様の豪華小型航宙船があり、私とサリオは小型航宙船に近付いて調べ始めた。船は全長五十メートルほどで最大幅《さいだいはば》が二十メートル、高さが八メートルだった。外観は将棋《しょうぎ》の香車《きょうしゃ》の駒《こま》に似ている。但《ただ》し、角ばってはおらず流線形だ。

「これはアヌビス族の王族が使っていた航宙船でしゅ。但し、このタイプは惑星《わくせい》間を移動しゅるだけに使われているものでしゅ」

「というと、他の恒星《こうせい》には行けないという事？」

「そうでしゅ。それに小型航宙船は死んではいません。まだ機能しているので入り口のハッチを開けられません」

残念そうにサリオが言ったので、本当なのか確かめようと入り口らしいハッチに近付いた。その時、ハッチが開いた。

「うわっ」

驚《おどろ》いて後ろに跳《と》び退《の》くと、ハッチからロボットが現れた。それをサリオが見て納得《なっとく》した顔になる。

「なるほど、整備ロボットが居たのでしゅね」

この小型航宙船は整備ロボットが生き残っており、整備を続けていたので船が完全な状態で残っていたようだ。その整備ロボットは船から降りようとして後ろに倒《たお》れた。船は整備していたが、自分自身の整備はしていなかったらしい。船の床に倒れた整備ロボットは、倒れたまま起き上がらない。打ちどころが悪くて完全に機能停止してしまったようだ。こんなの二時間推理ドラマでしか見た事がない。但し、ここで倒れているのは人間ではなくロボットだ。

ハッチが開いている間に中に入った私とサリオは、人工重力が働いているのに驚いた。こんなハッチにまで人工重力を発生させている航宙船は珍《めずら》しい。そのせいで整備ロボットは倒れてしまったのだが、御蔭《おかげ》で中に入る事ができた。中を調べると動力機関もエンジンも正常で、水もあった。ただ食料だけがなかった。

「食料さえ調達できれば、この船で外に出れましゅ」

小型航宙船は超《ちょう》小型核融合炉《かくゆうごうろ》二基、プラズマエンジン二基、推進剤《ざい》タンク、五光径レーザーキャノン二基を備えた船だった。燃料の重水素も満タンで整備ロボットがどこからか調達して定期的に入れ替《か》えていたようだ。ただ本当に動かすには詳《くわ》しくチェックする必要があり、二人では何ヶ月も掛《か》かりそうだ。

「チェックの件なんだけど、整備用のロボットがある場所を知っている」

サリオが首を傾《かし》げた。

「どういう事？」

「我々がガリチウムを発見した倉庫があっただろ。あそこに整備ロボットもあったんだ」

サリオがすぐに探しに行こうと言い出した。我々は慎重《しんちょう》に宇宙港の通路を倉庫に向かった。何事もなく倉庫に到着《とうちゃく》し、中に入ると奥の残骸《ざんがい》が積み重なっている場所まで行く。

「この残骸の向こうにドアがあるんだ」

「それじゃあ、残骸を片付けよう」

惑星上だったら大変な作業だったが、重力がないここだと短時間で片付いた。

我々はドアを開けて中に入った。以前に見た通り、そこに整備ロボットが箱に梱包《こんぽう》された状態で置かれていた。

「これは軍用の整備ロボットでしゅね。五十体くらいありましゅよ。どれか一つ動かしてみましょう」

サリオと私は整備ロボットを箱から出してスイッチを入れた。地球のテクノロジーで作られたものなら、何十年も放置されていたなら絶対に動かなかっただろう。

しかし、ここにあるロボットは自己チェックを行った後に動き出した。電源は倉庫にあった非常時電源装置を使った。非常時電源装置というのは、使い切りタイプの化学電池だ。

「マスターはどなたですか？」

私はサリオにマスターになるように目で合図する。すると、サリオが一歩前に出て言う。

「僕が第一マスターのサリオ・バラケルでしゅ。そして、こちらが第二マスターでしゅ」

「第二マスターのゼン・ジングウジだ」

こういうロボットは声と顔で人を見分けるらしい。我々は五十体の整備ロボットを全部起動させて半分ずつ第一マスターとなった。アヌビス族の軍用整備ロボットは、アヌビス族に似せて作られており、金属製だという以外はよく似ているとサリオが言う。

整備ロボットを手に入れた我々は、小型航宙船のところまで戻って整備ロボットたちに船をチェックして整備するように命じた。

その後は宇宙港の探索《たんさく》を続ける。探すのは水と食料である。水は小型航宙船に最低限の量があったが、不十分だと判断した。宇宙港の通路を進んでいると、通路を横切っている機動航宙隊のゴブリン兵の姿に気付いた。私とサリオは近くの通路に飛び込んで隠《かく》れる。ゴブリン兵たちが見えなくなるとホッとした。

「どうする？」

私が通信機でサリオに尋《たず》ねた。この通信は周波数を変えているので、ゴブリンたちに聞かれる事はない。

「そうでしゅね。この通路の先を調べてみましょう」

我々は通路を進み始め、途中で避難《ひなん》シェルターを見付けた。エアロックを通って中に入ると、急に明かりが点《つ》いた。ここの電源は生きていたようだ。

「ここは空気があるようでしゅ」

そう言ったサリオがヘルメットを脱《ぬ》いだ。

「大丈夫なのか？」

私が慌《あわ》てて尋ねると、サリオが頷いた。

「変な臭《にお》いがしたら、また被《かぶ》ればいいのでしゅ」

宇宙に生きる柴犬《しばいぬ》なのにアバウトである。私もヘルメットを脱いだ。このシェルターには空気を浄化《じょうか》する装置が備え付けられているようで、何の臭いもせず綺麗《きれい》な空気である。シェルターは二十メートル四方の広さがあり、壁際《かべぎわ》には三十個ほどの保管箱が固定されていた。我々は保管箱を片《かた》っ端《ぱし》から開け始めた。

「また腐《くさ》った食料だ」

古くなってダメになった食料が五箱続いた後、次の保管箱を開けると、透明《とうめい》なポリタンクのようなものに水が入っていた。

「サリオ、水だ」

「本当でしゅか」

サリオが確かめに来た。一個の保管箱の中には透明なタンクに小分けして九百リットルほどの水が入っていた。こういうシェルターに保管されている水は、永久保存水なのだそうだ。腐るような不純物が含《ふく》まれていないので、永久に腐る事はないという。

「助かりましたね。小型航宙船に保存してある水だけだと不安でしたから」

我々はどんどん箱を開け、六トンほどの水を発見した。サリオに聞いたら、当分の水は確保できたようだ。このシェルターには、水の他に新品の情報端末《たんまつ》もあった。新品と言っても遥《はる》か昔に新品だったという事であるが、その情報端末が壊れておらず動いた。さすが文明レベルCだ。

その端末はメガネ型端末またはスマートグラスと呼ばれるもので、顔に装着すると眼《め》の前のレンズに情報が映し出される。それを操作するには、短縮言語と言われる言葉と視線の向き、グローブ型コントローラーを使うようだ。使い方は分からないが、私とサリオで一個ずつ確保する。

地球にもスマートグラスはあるが、それのみでは簡単な機能しか実行できない。複雑な事をするにはスマホやパソコン、ゲーム機などと通信回線を繋《つな》げる必要がある。一方、アヌビス族が作ったもの、省略してアヌビス製だとスマートグラスだけで高機能なパソコン以上の性能があり、様々な機能を実行できるようだ。それに鼻あてや耳に掛けるツルはなく、左右のレンズを繋ぐブリッジに吸着盤《ばん》があり、その吸着盤を眉間《みけん》に密着させて使う。時間がないので、後でサリオに使い方を教えてもらう事にした。その後も保管箱を調べていると、何かをサリオが発見した。

「あっ」

「どうした？」

「食料製造装置を発見しました」

それを聞いて大喜びした。これで自由へ一歩近付いた。でも、食料製造装置というと何か材料が必要なはずだ。装置だけでは食料は作れないはず。

「凄《すご》いじゃないか。その製造装置は、どんな食料を作れるんだい？」

「保存食チューブでしゅ」

肩《かた》をガクリと落とした。あの保存食チューブだけは食べたくないと思っていたからだ。

「でも、保存食チューブの材料はどうする？」

「この製造装置は、モンスター加工装置とも言われていましゅ。材料は宇宙クリオネや宇宙クラゲでしゅ」

そんなものが材料だったのか、一気にテンションが下がった。それにしてもモンスターが食料になるとは知らなかった。宇宙クラゲなら近くに居るので、倒して食料にする事ができそうだ。だけど……保存食チューブか。

その後もシェルターの中を調べ、服や生活雑貨を見付けた。使えそうなものは全て確保する。水と食料製造装置を小型航宙船がある格納庫へ運んだ。格納庫では整備ロボットが小型航宙船を整備していたが、もう一日あれば整備が終わりそうだ。整備ロボットから報告を受けたサリオが説明してくれたが、超小型核融合炉と小型プラズマエンジンは問題がなかったようだ。空気還元《かんげん》浄化システムは少し問題があったが、修理できたという。ちなみに、この超小型核融合炉は重水素だけで動くタイプだった。


それからも食料を探して宇宙港を探し回ったが、発見できずに小型航宙船に戻った。その後、チェックが完了《かんりょう》した超小型核融合炉を稼働《かどう》させた。無事に稼働したのでホッとする。整備ロボットも電気で駆動《くどう》しているので、バッテリーが切れる前に超小型核融合炉が稼働できて幸運だった。空気還元浄化システムも動き出し、小型航宙船の中なら機動甲冑と宇宙服を脱いで生活できるようになった。私とサリオは久しぶりに宇宙服を脱いで寛《くつろ》いだ。服はシェルターにあったものを使っている。

「前にも言いましたが、この小型航宙船では、別の恒星《こうせい》へ行く事はできないのでしゅ」

その事は私も分かっていた。こいつは惑星間航宙船なのだ。星間航宙船ではないので、超光速の移動はできない。

「どうやって、この星から抜《ぬ》け出すんだ？」

「まだ分かりません。でもチャンスはあると思っていましゅ」

サリオは嘘《うそ》を吐かない。きっと本当の事なのだろうが、不安だった。それからも宇宙港中を調べて役に立ちそうなものを小型航宙船に運んできた。その中にはプラズマエンジンに使う推進剤や宇宙服などもある。ゴブリン製の機動甲冑より、アヌビス製の宇宙服の方が性能が上だった。ただ戦《せん》闘《とう》には使えない。

小型航宙船の電源が回復したので、サリオが電子系統の自己チェックプログラムを走らせる。問題がなかったようで、航宙船用制御脳を起動した。その時、私とサリオ自身を船の乗組員として登録する。もちろん、セキュリティがあったが、古いタイプだったので、サリオが解除した。

◆◆◇◇◆◆◇◇◆◆

我々がゴブリンに見捨てられて三日ほどが過ぎていた。その間は水だけで何も食べていない。

「宇宙クラゲ狩《が》りに行きましょう」

我々は機動甲冑を着装し、あの航宙バースへ向かった。エアダクトを通って航宙バースへの出口まで来ると中を覗く。広い航宙バースに二匹《ひき》の宇宙クラゲが漂《ただよ》っていた。ゴブリン族は居ないようだ。自分のスペース機関銃《きかんじゅう》の残弾《ざんだん》を調べた。十四発しか残っていない。貴重な銃弾なので大事に使おう。私とサリオは話し合い、宇宙クラゲを一匹ずつ倒す事にした。

二人が航宙バースに飛び出すと、すぐに宇宙クラゲが気付いて近寄ってきた。その飛び方は海のクラゲと似ている。全身を丸く膨《ふく》らませた後に後部からガスを噴《ふ》き出して前進するようだ。上手《うま》い具合に宇宙クラゲが二手に分かれた。

私に近付いてくる宇宙クラゲを観察すると、幅が八メートルくらいあり、中心部に赤い核《かく》があるのが分かる。一発で仕留めてやる。そのためには引き付けるんだ。巨大《きよだい》なモンスターが近付いてくるのをジッと待っているのは度胸が要《い》る。心臓はバクバクと拍動《はくどう》し、呼吸が速くなる。もう少しで宇宙クラゲと接触《せっしょく》するというところまで引き付けて引き金を引いた。炸裂《さくれつ》弾が宇宙クラゲの身体《からだ》に潜《もぐ》り込み、核に命中して爆発《ばくはつ》。狙《ねら》い通り核を一撃《いちげき》で壊せたようだ。

分かれて狩りをしていたサリオは、二発で仕留めたようだ。宇宙クラゲの死骸《しがい》を解体するために、整備ロボットを呼んできた。整備ロボットに手伝わせて宇宙クラゲを解体し、小型航宙船に運ぶ。小型航宙船に運び込んだモンスター加工装置には、付属品として大量の空チューブが付いていた。我々は宇宙クラゲの死骸を材料に保存食チューブを大量生産する事ができた。生産した保存食チューブの数は、三千食分である。一日二食として二人で七百五十日分だ。二年もこれを食べ続けるのかと思った時、目眩《めまい》を覚えた。

「これで、二年くらいは食料の心配をしなくてよくなったでしゅ」

「こんなものを二年以上食べ続けるなんて、絶対嫌《いや》だ」

私は正直な気持ちを言葉に出した。それを聞いてサリオが笑う。

「笑い事じゃないぞ。美味《おい》しいモンスターの肉とかないのか？」

「宇宙に居るモンスターは大抵《たいてい》不味《まず》いでしゅ。ただ惑星に棲《す》み着いた中には、旨《うま》い肉になるモンスターが居るらしいでしゅよ」

旨いモンスター肉を食べるには、どこかの惑星に行かないとダメらしい。

◆◆◇◇◆◆◇◇◆◆

その日、偵察部隊の隊長ヴァルボが慌てて戻ってきた。それを見た二級偵察艦ギョガルの艦長であるボォブロがヴァルボを呼んで報告させた。

「宇宙クラゲを退治する任務を命令じたはずだ。どうして一人じぇ戻ってきた」

「艦長、部隊の全員が死んだのじぇす。おらは懸命《けんめい》に戦ったけど、一人じゃどうじようもなく戻ってぎまじた」

「チッ、やっぱり下級民の従属兵など使いもんにならんぎゃ。仕方ない、代わりに機動航宙隊を送るぞ」

ボォブロ艦長は機動航宙隊を使って宇宙クラゲを殲滅《せんめつ》した。但し、それは一時的なものであり、宇宙港を完全に修理しない限り宇宙クラゲの侵入《しんにゅう》を止める事はできない。

その頃《ころ》になるとオークとの戦いが激しくなり、宇宙港の探索など後回しにする事が決まる。偵察艦ギョガルは宇宙港の傍《そば》を離《はな》れて前線に向かった。

◆◆◇◇◆◆◇◇◆◆

空気と食料、それに水の心配がなくなった我々は、また宇宙港の探索を再開した。

「これで自由になれるんだろうか?」

サリオが首を振《ふ》る。

「まだまだ自由じゃないでしゅ。僕たちの首の後ろに調教端子がある限り、下級民のままなのでしゅ」

「取り出す事ができないのかい?」

「下手に取り出そうとすると、爆発しゅるそうでしゅ」

私はゾッとした。

「そんな……どうにかして取り出さないと」

サリオによれば、医療《いりょう》技術が発達した文明国では取り出せるという。我々はゴルゴナ星系を脱出《だっしゅつ》し、文明国まで行かなければならないようだ。

「何とかしてゴルゴナ星系を脱出し、調教端子を除去するんだ」

「それには大賛成でしゅ」

「でも、あの小型航宙船では他の星系へ行けない。どうしたらいいんだ？」

「小型航宙船だけじゃダメでしゅ。その方法を探し出しゅしかないと思う」

我々は宇宙港の内部を徹底的に調査し、別の修理工場を発見した。そこには半分解体された航宙クルーザーが横たわっていた。

「僕たちは、運がいいかもしれません」

サリオが突然《とつぜん》言い出した。何の事か分からなかったが、この航宙クルーザーが関係するのだろうと思った。この船は全長五十メートルの優雅《ゆうが》な航宙船だったようだ。解体途中の船に乗り込み使えそうなものを探した。すると、この航宙クルーザーでルオンドライブを発見した。ルオンドライブというのは、遷時空《せんじくう》スペースを移動する時に使う推進装置である。遷時空スペースというのは、超光速移動が可能になる高次元空間だ。但し、ルオンドライブだけでは超光速移動はできない。遷時空スペースへ転移、あるいは遷移《せんい》する装置が必要なのだ。それは遷時空跳躍《せんじくうちょうやく》フィールド発生装置と呼ばれている。残念ながら、航宙クルーザーにも遷時空跳躍フィールド発生装置はなかった。

「見付けたものを、小型航宙船に運びましょう」

我々はルオンドライブを小型航宙船に運び、整備ロボットに整備させて動くようにする。整備したルオンドライブは動力室に設置し、操縦席から制御できるように改造した。私とサリオだけだったら無理だったが、多数の整備ロボットが居たので改造はすぐに終わった。

その頃になると宇宙港の周囲にゴブリン族が居ないと気付いた。ゴブリン族のほとんどの艦艇《かんてい》は、オーク族との戦場になった第四惑星へ向かったのである。遷時空跳躍フィールド発生装置を探し回ったが、見付からずに未調査の場所も一ヵ所だけとなった。そこは厳重にロックされた部屋で、入るには扉を破壊するしかなかった。

「なぜ、この部屋だけ厳重にロックされているんだろう?」

「それほど重要なものが、保管されているのでしゅよ」

「重要なもの……何だろう?」

「新型の兵器とか。財宝かな」

開けられないか相談すると、やはり破壊するしかないという結論になった。爆薬はゴブリン族のものがあるので、それを使う。爆薬を特殊《とくしゅ》合金製の扉に仕掛けると退避《たいひ》する。そして、起爆スイッチを押《お》した。宇宙港全体が震《ふる》えたような爆発が起こり、破壊された残骸が無重力の空間を飛び回る。それが収まってから扉に近付いた。扉を固定していた箇所《かしょ》が破壊され、特殊合金製扉が通路に倒れていた。扉より先に扉を固定していた部分が爆発に耐《た》えられなくなったようだ。

「よし、部屋に入りましょう」

「ああ、何があるのか、確かめよう」

我々は破壊された入り口から中に入ると通路があった。破片《はへん》が漂っている通路を通り、少し広い部屋に出た。その部屋にあったのは、全長三メートルほどの卵のような形をしたカプセルだった。青みを帯びた銀色に輝《かがや》くカプセルの隣《となり》には核融合炉があり、カプセルにエネルギーを供給しているようだ。この核融合炉だけ、なぜ動いているか不思議に思ったが、核融合炉の後ろに大きな燃料タンクがあった。そのタンクから燃料が供給され続けていたようだ。たぶん整備ロボットも稼働しているのだろう。アヌビス族が開発した核融合炉は、膨大《ぼうだい》なエネルギーをカプセルに供給しているはずだ。そのエネルギーをカプセルは何に使っているのだろう。それを不思議に思った。

その時、頭の中に声が聞こえた。

【ゴブリン族の従属兵たち。私の願いを聞いて欲《ほ》しい】

私はゴブリン族じゃないと考えながら、声の主を探して周囲を見回す。だが、誰《だれ》も居なかった。

「まさか、カプセルの中なのか？」

【私の声に従ってくれ】

そう言われた私は、逆らう事ができなかった。ふらふらとカプセルに近付きカプセルの表面に組

み込まれている操作盤《そうさばん》で複雑な操作をする。

「ゼン、何をしているのでしゅ？」

その声を聞いた私は正気に戻った。

「えっ、何を？」

カプセルの表面に亀裂《きれつ》が走る。床がドォウンと波打ち揺《ゆ》れた。そして、大きな裂《さ》け目が現れ、そ

れが次第《しだい》に大きくなる。

「な、何が起きているんだ？」

カプセルから人が出てきた。裸《はだか》の女性である。神秘的なほどの美しさを持つ女性でよく見ると細長い耳だけが地球人とは違う。ファンタジーに出てくるエルフを連想した。

私はあり得ない事を目にして混乱するばかりだった。部屋の中は真空で空気がないのだ。裸の人間が真空中に放《ほう》り出されれば、すぐに死ぬはずなのに平気な顔をしている。明らかに普通《ふつう》の人間ではなかった。人では出せない存在感を持っている。サリオが小刻みに震えていた。

少し時間を置いてから、サリオが話し掛けた。

「天神族の方でしゅか?」

【そうです。私はリカゲル天神族のゾロフィエーヌ】

天の川銀河で神のように思われている天神族を見て、私も恐怖した。なぜなら天神族の身体に凄《すさ》まじいエネルギーが秘《ひ》められているのを感じたからだ。一瞬《いっしゅん》、ゾクッとするような気配を感じた次の瞬間、ゾロフィエーヌという天神族の裸体《らたい》が、優雅な宇宙服に覆《おお》われる。

【アヌビス族に封印《ふういん》されていた私を、解放してくれた二人には感謝します。そこで二人に、それぞれ三つの贈《おく》り物をしようと思います。何が良いか決めなさい】

いきなり贈り物をすると言われた。そんな事を急に言われても何が良いかなど決められない。まして、ゾロフィエーヌが何を所有していて、どんなものを与《あた》えられるのか分からないのだ。その時、調教端子の事がチラリと頭に浮《う》かんだが、それなりの文明がある星へ行けば解決する問題なので除外した。少しの間考えたが、決められなかったので相手に任せる事にした。

「これから先、宇宙で生きていくために必要な知識や技術、能力などをください」

ゾロフィエーヌがククッと面白《おもしろ》そうに笑う。

【良いでしょう。私が選んで、そなたに贈ろう】

「僕もゼンと同じでしゅ」

サリオが言うと、ゾロフィエーヌが頷いた。そして、私とサリオの全てを見通すかのような目で見て告げる。

【あなたたちの知識量は、低すぎるので一つ目として『一般常識《いっぱんじょうしき》』を与える。次にサリオには『制御脳の技術情報』と『物理駆動エンジン技術』を授《さず》けよう】

「ありがとうございましゅ」

サリオが頭を下げて礼を言った。ゾロフィエーヌが私に目を向ける。

【ふむ、面白い。ゼンにはボソル感応力があるようです。あなたに『高次元アクセス法』と『天震《てんしん》力《りょく》駆動工学』に関する知識と技《わざ》を授けよう】

「ありがとうございます」

自分が何をもらったのか分からなかったが、感謝して礼を言った。それから目を閉じるように言われたので従うと、意識がなくなった。

【まず『高次元アクセス法』を使用するために、『精霊核《せいれいかく》』、いや『精霊雲』を形成しましょう】

精霊核や精霊雲というのは、通常はあやふやな魂《たましい》という存在を上位次元の存在として形成し直したもので、精神文明の核になるものだった。リカゲル天神族は精霊核を使用しているが、地球人の魂は未発達であり、一気に精霊核を形成するのは無理だと判断したゾロフィエーヌは、機能的に格落ちになる精霊雲を形成した。私が目覚めたのは、精霊雲が形成されて必要な情報が精霊雲＝魂に刻まれた後だった。私の精霊雲は悲しいほど小さく、大豆ほどの大きさらしい。ちなみに、ゾロフィエーヌは大豆を知らないので、大きさを二本の指の隙間《すきま》で示してくれた。

【あなたたちは、小型航宙船に戻るがいい。その時、授けたものが使えるようにしておこう。では、さらばです】

ゾロフィエーヌが消えた。どんな方法を使ったのか分からないが、一瞬で消えてしまった。

「これは夢だろうか？」

「違いましゅ。小型航宙船に戻りましょう」

狐《きつね》に化かされたような気分で、私たちは小型航宙船に戻った。エアロックの外側ハッチを開けて中に入り、空気が充填《じゅうてん》されると内側ハッチが自動的に開いたので、コクピットに向かう。途中で宇宙服を脱いで、コクピットシートに座《すわ》った瞬間、頭の中に膨大な知識が流れ込んできた。その負荷《ふか》に耐えきれなくなった私は、気を失った。

しばらくして喉《のど》の渇《かわ》きを覚えて目を覚ます。水を飲んでから周りを見回した。

隣のシートで気を失っているサリオを起こす。

「サリオ、起きろ」

「うっ、うう……」

サリオが目を覚ますと、キョトンとした目で周りを見回す。しばらくして状況《じょうきょう》を思い出したようだ。

「何なの？　頭の中が変でしゅ」

そう言っているのを聞き、私も頭の中をチェックした。すると、頭の中に膨大な新しい知識が存在する事に気付いた。それはゾロフィエーヌが『一般常識』と呼んでいたものだ。私とサリオは黙《だま》り込んで、頭の中に存在する知識の確認《かくにん》を始めた。それは文明レベルCの種族が持つ一般常識だった。文明レベルCと言えば、数百の恒星を支配下に置く文明である。天神族にとって必要最低限の知識というのが、文明レベルCらしい。その知識は地球の理系大学生と比較《ひかく》するのも馬鹿《ばか》らしいほどの膨大な知識だった。この知識で判断すると、地球文明は十万年ほど遅《おく》れているだろう。

「腹が減った」

何時間も自分の頭の中にある知識を確認していて、今度は強烈《きょうれつ》な空腹を覚えた。サリオを誘《さそ》って食事にする。知識が増えてかなりマシな人間になったと思えるのに、食べるのは最低の保存食チューブ。悲しい。

「知識の中に美味しい食料を、作り出す方法とかないかな？」

「あったとしても、材料がないから作れないでしゅ」

私は溜息を吐いた。そして、不味い食料を水で胃袋《いぶくろ》に流し込む。私とサリオは十日ほど何もしないで、授けられた『一般常識』を確認した。そして、サリオは制御脳に関する技術情報を調べ始める。

一方、私はゾロフィエーヌから授けられた『高次元アクセス法』について調べ始めた。この中にはボソル感応力の使い方についての知識も含まれていた。このボソル感応力は、地球では発見されていないボソル粒子《りゅうし》と天震力を感知し操作する能力で、これを使って天震力と呼ばれるエネルギーとボソル粒子を高次元宇宙から取り込む事ができるらしい。天震力は高次元エネルギーの一種で、核エネルギー以上の可能性を秘めている。特に天震力を使った加速力場ジェネレーターは、航宙船の推進装置の一つとして古くから使われているようだ。

もう一つの贈り物である『天震力駆動工学』の知識は、天震力を使って物体を移動させる知識と技術だった。この技術を利用して加速力場ジェネレーターが造られているらしい。

ちなみに、ボソル粒子は知的生命体の思考に反応する粒子である。そのボソル粒子が存在するのは、我々が生きている次元より高次元に存在する別の宇宙だという。その別宇宙とアクセスするには、次元を超《こ》える扉が必要だ。リカゲル天神族は、その扉を『高次元ボーダーフィールド』、向こう側の高次元宇宙を『ナユタ界』と呼んでいる。そのナユタ界はボソル粒子と天震力に満ちており、それらを使うボソル感応力者は魔法使《まほうつか》いのような存在になれるという。

私は自分の心と向き合った。ゾロフィエーヌから授かった知識に従って、意志力を極限にまで高め、精霊雲を経由して頭の上に高次元ボーダーフィールドを構築する。ゾロフィエーヌと遭遇《そうぐう》する前だったら、絶対にできなかった事だ。歯を食いしばって意志力を総動員すると、精霊雲に繋がっている意識が高次元ボーダーフィールドの前まで到達した。私は意識の手を高次元ボーダーフィールドに向かって伸《の》ばし、ナユタ界へ入った。

ナユタ界は眩《まぶ》しいと感じた。未熟な私では、そこが膨大なエネルギーに満ちているとだけしか分からない。ナユタ界に入った私の意識に凄まじい圧力が掛かる。ここに存在するエネルギーとボソル粒子が、意識の中に入り込みナユタ界の外に漏《も》れ出そうとしているのだ。このままでは膨大なエネルギーに押し潰《つぶ》されて意識が消えてしまう。そういう危機感を覚えた時、ゾロフィエーヌの知識が対処法を教えてくれた。

意識の中にプールに水を入れる水道管のようなエネルギーの通り道『パワー導管』を作り出し、そこに蛇口《じゃぐち》のように量を調節する『制御門』を取り付けたのだ。パワー導管や制御門はリカゲル天神族独自の技術であり、天神族以外で知っている者は、ほとんど居ないという貴重な技術だった。御蔭で私の精神を圧迫《あっぱく》していた圧力が消えた。ナユタ界からの圧力はパワー導管が引き受ける仕組みになっているようだ。

その制御門を閉め、ナユタ界に意識を向ける。そこは天震力というエネルギーとボソル粒子に満ち溢《あふ》れた別宇宙であり、精神文明の基礎《きそ》エネルギーが得られる世界だった。パワー導管をナユタ界に繋げたまま、私は意識を現実世界へ戻す。

目を開けると、サリオの顔が見えた。

「大丈夫でしゅか?」

「問題ない。私はどうしたんだ?」

「声を掛けても、返事をしなくなったから、心配したのでしゅよ」

私はコクピットシートで気を失ったような状態だったらしい。私がナユタ界の事を話すと、サリオは驚いていた。

「リカゲル天神族が、天震力とナユタ界の利用方法を教えるというのは、本当に稀《まれ》な事なのでしゅ。我々も知識としては知っていましゅが、表面的な情報だけで、天神族の知識と比べるとカスみたいなものでしゅ」

それは本当に稀な事らしい。その事からもゾロフィエーヌがどれほど感謝していたのかが理解できる。それから、どうやって文明国へ移動するかをサリオと相談した。

「小型航宙船を使って宇宙港を飛び出し、遷時空跳躍フィールド発生装置を探すのでしゅ」

「やっぱり、天神族に別の星系へ移動してもらうように頼《たの》んだ方が、良かったかな?」

私はちょっと後悔《こうかい》した。

「それだと、小型航宙船は置き去りにされていました。金がない状態で他の星系に移動させられても、困る事になりましゅ」

「仕方ない。他の場所を探すか。そうなると問題はモンスターだ」

スペース機関銃の銃弾がほとんどないので、別の武器が必要になる。この小型航宙船に搭載《とうさい》されている五光径レーザーキャノンで倒せないかと確認すると、小さな宇宙クリオネくらいしか倒せないという答えだった。

「ゼンの力を使って何とか倒せない?」

「私の力? ああ、天震力の事を言っているのか。でも、天震力をどう使えば、モンスターを撃退できるか分からない」

サリオが頷いた。

「天震力を使う屠龍猟兵《とりゅうりょうへい》の代表的な技に、『粒子撃《りゅうしげき》』と呼ばれているものがありましゅ。ボソル粒子の塊《かたまり》を天震力を使用して加速させ、モンスターを攻撃《こうげき》するというものでしゅ」

宇宙の冒険者《ぼうけんしゃ》である屠龍猟兵の中には、魔力としか思えない天震力を利用する事を得意としている者たちが居るらしい。その者たちは『天震力使い』または『魔導師』と呼ばれている。私は『魔導師』と呼ぶ事にした。魔導師の基本は、天震力の制御である。その日から『天震力駆動工学』を調べながら、天震力制御の練習を始めた。

パワー導管は常にナユタ界と繋いだ状態にあるので、制御門を開ければボソル粒子と天震力が身体に流れ込んでくるが、私が制御できるのは制御門を二、三パーセントくらい開けた時に流れ込んでくる量だった。この制御門は水道の蛇口と同じでちょっとだけ回した時は、水がちょろちょろと流れ出すような感じだが、全開にすると凄い勢いで膨大な天震力が身体に流れ込んでくる。ちなみに、ボソル粒子は割合として少ない。

私は現状のちょろちょろと流れ出てくる状態を『開放レベルT』とした。『T』はトライアル、またはスリーという意味であり、それから十パーセント単位に『開放レベル1』から『開放レベル10』と定義する。このやり方は、天神族の間では標準的なものらしい。開放レベルTの状態で天震力を制御しようと練習を始める。最初は制御する方法が全く分からず、ボソル粒子と天震力が身体から漏れ出すだけとなった。

だが、その状態で一日、二日と続けると、私の中に何かが生まれた。それは体外に飛び出した意識の場であり触手《しょくしゅ》に似た感覚器官だった。その新しい感覚器官を『意識フィールド』と呼ぶようだ。意識フィールドを伸ばして天震力を制御しようとした。上手く制御できずに、天震力が意識フィールドから零《こぼ》れ落ちてしまう。何度も何度も天震力を掻《か》き集めようとする。

五日ほど練習を続け、ようやく天震力を制御するコツを掴《つか》んだ。意識フィールドと精神を統一するようにイメージするのがコツだった。意識フィールドと精神を一体化した私は、身体の外に意識フィールドを広げていく。一メートル、二メートルと意識フィールドの半径を広げていき、四メートルで限界となる。開放レベルTで扱《あつか》える天震力のエネルギーは、宇宙クリオネを倒すのに十分なほどの威力《いりょく》を発揮するはずだ。私は天震力とボソル粒子を自由自在に扱えるように練習を続けた。

一方、サリオは小型航宙船の改造を始めた。船首から五メートルほどの船体上部に戦闘ルームを設けた。周りをドーム状の透明な高強度樹脂《じゅし》で囲んであるので、宇宙に浮いているような感じを覚える部屋になっている。熟練した魔導師なら宇宙に出て戦うのだが、未熟な魔導師は戦闘ルームから戦うらしい。

それらの工事が終わった頃、私は魔導師としての初歩を習得した。天震力を推進力に変換《へんかん》する能力を身に付けたのだ。それにより、一番単純な戦術魔導技《せんじゅつまどうぎ》である『粒子撃』を使えるようになった。戦術魔導技というのは、魔導師が戦う時に使う技術の事だ。調べていた『天震力駆動工学』の中に、ジェネレーターメソッドというものを見付けた。これは船のような大きなものを天震力で動かす方法を身に付けられるものだ。

そのジェネレーターメソッドというものを実行すると精神に加速力場サーキットというものが形成されるらしい。ジェネレーターメソッドは、アプリケーションのインストールプログラムのようなもので意志力を使って起動する。どうするか迷ったが、『粒子撃』を早く習得するために加速力場サーキットを手に入れた方が良いと判断した。こう判断したのは、ジェネレーターメソッドは実行しても危険はないという情報があったからである。私は意志力でジェネレーターメソッドを実行。その瞬間、意識がブラックアウトして倒れた。数分後に気付いた時、猛烈《もうれつ》な頭痛を感じた。

「ゼン、大丈夫か？」

サリオの声が聞こえた。

「痛い、こんなに頭が痛くなるなんて、情報になかったぞ」

「何を言っているの。いきなり倒れるなんて、どうしたのでしゅ？」

私はサリオに説明した。それを聞いたサリオが溜息を漏らす。こういう仕草を見ると、クーシー族も人類と同じなんだなと思う。それから三十分ほどすると痛みが治まった。

「『粒子撃』の練習をしてくる」

サリオに声を掛けてからアヌビス製宇宙服に着替えると、小型航宙船から出て大きな工場へ向かった。その工場の壁には巨大な穴が開いており、宇宙が見えていた。宇宙服を着ている私は、透明なヘルメット越《ご》しに宇宙を見ながらパワー導管の制御門を開放レベルTだけ開ける。すると、身体の中にボソル粒子と天震力が流れ込んでくる。ボソル粒子は宇宙服の内部から外へ漏れ出した。

意識フィールドを広げ宇宙服から溢れ出るボソル粒子を集めボール状の粒子弾にする。その粒子弾を天震力により一気に加速させ前方に撃《う》ち出した。すると、粒子弾が淡《あわ》い光を発しながら前方の宇宙へと飛翔《ひしょう》を始める。人が歩くような速度で粒子弾が飛んでいく。これは飛翔というより漂っているというのが正解なのではないか、と疑問になるほどの速度だ。

「ショボイ。これなら小学生でもバットで打ち返せるんじゃないか」

自分でダメ出しするほどショボイものだった。それから十発ほど粒子弾を撃つとどうすれば良いのか分かってきた。その粒子弾を四十発ほど撃った頃、集中力が切れ始めた。練習を始めた頃は、一発撃つのに七秒ほど必要だったが、四秒ほどに短縮されている。サリオの話によると〇・三秒ほどで撃ち出せないと一人前とは言えないらしい。ちなみに、『粒子撃』に加速力場サーキットは全く関係なかった。『粒子撃』に加速力場サーキットを応用する事はできなかったのだ。その日は『粒子撃』の練習をやめた。

それから毎日『粒子撃』の練習を続け、四十日ほど続けた頃に満足できる粒子弾が撃てた。その飛翔速度は音速の八倍を超えている。それくらいの速度がないと、広大な宇宙では使えないのだ。私が小型航宙船に戻ると、サリオが睡眠《すいみん》カプセルを作るように整備ロボットに指示を出していた。

「『粒子撃』はどう?」

「八メートルくらいの宇宙クラゲなら、倒せると思う」

「そろそろ小型航宙船で宇宙に出る準備を始めましゅか」

「何か考えがあるのか？」

「この宇宙港には、遷時空跳躍フィールド発生装置がないようだから、他を探そうと思うのでしゅ」

「具体的には、どこを探す？」

「可能性が高いのは宇宙ステーションなのでしゅけど、ゴブリン族が居るから……」

サリオと話し合って第六惑星へ行こうという事になった。第六惑星は地球と同じ岩石惑星で、アヌビス族は資源採掘《さいくつ》をしていたようだ。その惑星には大気がなく重力が地球の八割ほどだった。地球の重力は、私の身体を調べて割り出した数字だ。遺伝子や身体の構造を調べれば、育った環境《かんきょう》がある程度分かるようだ。

この第六惑星の近くに小さなスペースコロニーがある。但し、天神族により完全に破壊されており、ゴブリン族も調査不要だと判断したほどだ。そのスペースコロニーは航宙船の造船所が多数存在していたようで、航宙船に関係する装置が残っているのではないかと考えたのだ。ただスペースコロニーは徹底的に破壊されているので、無傷で残っている確率は少ない。これらの情報は小型航宙船の制御脳に蓄《たくわ》えられていた基本情報と、現状の観察により導き出したものだ。

「問題はプラズマエンジン用の推進剤が、あまりないという事でしゅ」

「そのスペースコロニーに行くほどの推進剤がないという事なのか？」

「いえ、それくらいの推進剤はありましゅ。ですが、その調子で使うとしゅぐになくなってしまう」

「それなら、どうする？」

「ゼンは、『天震力ドライブ』を使えませんか？」

天震力ドライブというのは、航宙船の推進方法の一つである加速力場ジェネレーターを、機械ではなく魔導師の能力で行う事だ。ようやく痛みを堪《こら》えて手に入れた加速力場サーキットが役に立つ時が来た。その格納庫は宇宙港の外に通じている通路があったので、そこを通って小型航宙船を宇宙港の外に出した。

「ゼンは船体上部に作った戦闘ルームへ行って、そこから船を動かして」

「了解」

私はコクピットから戦闘ルームへ移動し、座席に座った。戦闘ルームは透明なドーム状なので、まるで宇宙を漂っているようだ。

「最初にこっちで針路を決めるから、その後に加速でしゅ」

「分かった」

サリオが操縦して小型航宙船が動き出した。宙域同盟で使われる速度の単位として、『バーチ』と呼ばれるものがある。『バーチ1』は光速の〇・一パーセントの速度を表し、宇宙旅行の基礎単位となっている。バーチ1は音速の八百七十四倍に相当する速度である。小型航宙船は推進剤を使って音速の七倍ほどに加速、そこからバーチ5まで天震力ドライブで加速する予定だ。

「ゼン、加速を開始して」

「了解」

私はパワー導管の制御門を開放レベルTだけ開いた状態で、天震力を精神に刻まれた加速力場サーキットに流し込む。加速させる対象を小型航宙船に設定すると、天震力が小型航宙船を包み込むのを感じ、それから加速を始めた。但し、開放レベルTで使える天震力は大した量ではないので、それほどの加速は得られない。そこで開放レベル1にする。私は『粒子撃』を練習した時、開放レベルTの状態で流れ込んでくる天震力しか制御できなかった。だが、加速力場サーキットの力を借りれば大幅に制御力を引き上げられるようだ。

『粒子撃』も加速力場サーキットを利用できれば、大型モンスターも一撃で倒せそうなのにと思ったが、そういう使い方ができないのだから仕方ない。三十分ほど頑張ったが、小型航宙船の速度はバーチ1近くまでしか上げられなかった。そこで精神力が尽きたので、コクピットに戻る。

「はあ、疲《つか》れた」

私はコクピットの座席に座って声を上げた。

「お疲れ様。後三、四回ほど天震力ドライブを行えば、予定の速度に届きそうでしゅ」

サリオが操縦モニターを見て教えてくれた。私はコクピットの裏にある休憩《きゅうけい》ルームで横になって休み、疲れが取れたら天震力ドライブを行うという事を繰《く》り返した。それからバーチ5で一日ほど飛んで、また天震力ドライブで減速して第六惑星の近くにある破壊されたスペースコロニーに接舷《せつげん》した。

我々は機動甲冑に着替えて宇宙空間に出た。スラスターパックを使ってスペースコロニーに開けられた大きな穴から中に入ると、多数の航宙船の残骸が漂っているのが目に入る。それらの残骸の間を飛び回りながら、必死になって遷時空跳躍フィールド発生装置を探した。そして、二十日ほどが過ぎた頃、巡洋《じゅんよう》航宙艦だった残骸を発見した。

「この巡洋航宙艦は、有望そうでしゅ」

スペースコロニーの造船所だった場所に、二隻《せき》の巡洋航宙艦がバラバラに分解されて宙を漂っていた。

「私の目には、ガラクタだらけに見えるんだけど」

見えるものはほとんど破壊され、無傷の機械などないように見える。

「諦めちゃダメでしゅ。根気強く探せば、何かあるかもしれません」

という事で何日も探し続けた。そして、ついに遷時空跳躍フィールド発生装置を発見した。

「見付けました！」

サリオの声が聞こえた私は、急いで向かった。サリオの前には幅が三メートル、高さが二メートルほどの機械があった。但し、その機械の端《はし》に鋼鉄の破片らしいものが突《つ》き刺《さ》さっていた。

「えっ、壊れているじゃないか？」

「これくらいだったら、修理可能だと思いましゅ。小型航宙船に持ち帰りましょう」

我々は遷時空跳躍フィールド発生装置を小型航宙船に運んだ。それからいくつかの遷時空跳躍フィールド発生装置の残骸を発見したが、巡洋航宙艦のものが一番程度が良さそうだった。ただ残骸の部品が使えるかもしれないので整備ロボットに分解させて、壊れていない部品を小型航宙船に持ち帰った。

整備ロボットに遷時空跳躍フィールド発生装置を調べるように命じる。修理できるかどうかの調査である。三体の整備ロボットが分解して調査を始めた。この軍用整備ロボットは、アヌビス族の軍用艦を整備するために製造されたものだった。そのために遷時空跳躍フィールド発生装置に使われている先端技術も、その人造脳に詰《つ》め込まれていた。但し、その知識は整備に必要な技術だけに限定されており、一から遷時空跳躍フィールド発生装置を作り出す事はできない。もし作り出す事ができれば、一生遊んで暮らせるだけの富を手に入れられただろう。

我々は遷時空跳躍フィールド発生装置を探しているうちに、それ以外でも使えそうな装置を発見している。それは無傷の八光径荷電粒子砲《ほう》だ。荷電粒子砲には膨大なエネルギーが必要であり、専用の超小型核融合炉とセットで設置する事が多いようだ。この八光径荷電粒子砲は長さが七メートルほどで、全長が百五十メートルほどの戦闘艦コルベットに副砲として搭載される事が多い。それらは全て小型航宙船に持ち帰った。

ちなみに、荷電粒子砲が撃ち出すのはプラズマなので『光径』という言葉を使うのはおかしいのだが、昔からの習慣で、レーザー砲と同じ『光径』を使っている。

◆◆◇◇◆◆◇◇◆◆

ゼンたちが破壊されたスペースコロニーの調査をしている頃、第四惑星付近ではオーク族とゴブリン族の宇宙戦が始まっていた。その中で二級偵察艦ギョガルが激しい戦いを見守っていた。偵察艦であるギョガルは戦力外として戦闘には参加していない。ただその優秀《ゆうしゅう》なレーダーを利用し、探索情報を味方艦隊に送っていた。

そんな状況で、不機嫌そうな顔をしたヴァルボは偵察艦ギョガルの通路を歩いていた。ゼンを含む偵察部隊の部下たちが全滅したと報告したヴァルボは評価を落とし、艦長の従卒のような仕事をしていたのだ。

「艦長、食事を持ってぎまじた」

ヴァルボがボォブロ艦長の前に保存食チューブ（激辛味）を置いた。

「ふん、儂の好みを覚えていたようだな」

「もちろんじぇございます」

ヴァルボは惨めな気分になった。その時、レーダー員のゴブリンが大声を上げた。

「ボォブロ艦長、レーダーぎゃ巨大な物体を探知じまじた」

「オーク族の増援《ぞうえん》ぎゃ？」

「違うようです」

「まさか、巨大モンスターなのぎゃ？」

「全長六《ろく》ジラス《キロ》ほどの化け物です」

ボォブロ艦長はすぐに艦隊司令部がある旗艦ガルチュラに連絡《れんらく》した。ボォブロ艦長が報告した巨大モンスターは、第四惑星に接近する軌道《きどう》を進んでいた。ゴブリン族はもちろん、オーク族の艦隊でも大騒《おおさわ》ぎになり、大量の通信が飛び交《か》っている。

「ボォブロ艦長。あのモンスターは、脅威度《きょういど》8の装甲砲撃《そうこうほうげき》イソギンです」

装甲砲撃イソギンは全長三キロメートル以上にまで成長する事もある超巨大モンスターであった。

しかも、亀《かめ》の甲羅《こうら》のように全身を覆う装甲は、オーク族やゴブリン族が所有する全ての兵器による攻撃を跳《は》ね返し、甲羅の隙間から伸び出る砲撃触手からはプラズマ弾を撃ち出す。この装甲砲撃イソギンは、戦艦のような化け物なのだ。まずオーク族の艦隊が撤退《てったい》を決めた。多数の艦艇が恒星の反対側へと逃げ出すと、逃げるものを追う習性がある装甲砲撃イソギンがオーク艦隊を追い掛け始めた。ホッとしたゴブリン艦隊の将兵たちだったが、その中の二級偵察艦ギョガルに『装甲砲撃イソギンの動向を監視《かんし》せよ』という命令が下された。ボォブロ艦長は不満顔で装甲砲撃イソギンを追うように命じる。

◆◆◇◇◆◆◇◇◆◆

「ゼン、まずいでしゅ。オーク艦隊がこちらに近付いてきましゅ」

サリオの言葉を聞いた私は、レーダーのモニターを覗き込んだ。そこには多数の艦艇と巨大な存在が近付いてくるのが読み取れた。

「後ろの大きいのは何だろう？」

「たぶん、巨大モンスターでしゅ。チャンスかも」

「どういう事？」

「オーク艦隊が、遷時空スペースに逃げ込めば、それを追って巨大モンスターが遷時空跳躍フィールドを発生させるかも……その時、そこに潜り込めば近くの恒星へ行けるかもしれません」

私は頷いた。

「レーダーを切らなくても大丈夫なのか？」

「オーク艦隊がレーダー波を出しまくっていましゅ。それに紛《まぎ》れて気付かれないでしょう。それに気付いたとしても、この状況で調べに来れません」

「そうだろうな。それより、なぜオーク艦隊はさっさと遷時空スペースに逃げ込まないんだ？」

「恒星重力の影響《えいきょう》が強い宙域で、遷時空跳躍フィールドに飛び込むのは危険でしゅ。恒星からもう少し離れた位置で、遷時空跳躍フィールドを発生させるのでしょう」

「なるほど」

「ボーッと眺《なが》めている場合じゃないでしゅ。小型航宙船を出しましゅよ」

私は戦闘ルームへ行き、オーク艦隊を迂回《うかい》して巨大モンスターの背後につけるようなコースで小型航宙船を飛ばし始めた。天震力ドライブを使って小型航宙船を加速させる。オーク艦隊は小型航宙船に気付いただろうが、ちょっかいを出す余裕《よゆう》はなさそうだ。巨大モンスターに近付くと、足が震えるほど恐怖を覚えた。全長三キロほどの亀のような巨体から多数の触手のようなものが突き出ており、それがうねうねと動いて不気味だった。ただ巨大モンスターは小型航宙船には興味を持たなかったので、ホッとした。

小型航宙船が巨大モンスターの後ろに回り込んだ時、問題が発生した。その近くを偵察艦ギョガルが飛んでいたのだ。御蔭で巨大モンスターに対する恐怖も薄《うす》らぐ。

「偵察艦ギョガルだ。何をしているんだ？」

「オーク艦隊と巨大モンスターの動きを監視しているのでしょう。まずい、ギョガルが攻撃しゅるつもりでしゅ」

レーザー砲撃する偵察艦ギョガル。サリオは推進剤を使って忙《いそが》しく小型航宙船の軌道を変え始めた。

「ゼンは反撃してください」

スピーカーからサリオの悲鳴のような声が聞こえる。それを聞いた私はベルタやリエト、ディマスの最期《さいご》の姿を思い出した。

「やってやろうじゃないか」

戦闘ルームの椅子《いす》に座り直し、偵察艦ギョガルに目を向ける。あの中には偵察部隊の指揮官だったヴァルボが居るはずだ。あいつだけは許せない。パワー導管の制御門を開放レベルTで開き、ボソル粒子と天震力を取り込む。本当は開放レベル1にしたかったが、まだ開放レベルTまでの天震力しか制御できない。天震力ドライブは加速力場サーキットがあるので、例外なのだ。

偵察艦ギョガルとの距離《きょり》は四十キロほどである。これくらい距離があると粒子弾を命中させるのは難しい。私はボソル粒子で粒子弾を形成し、天震力を使ってギョガルに向かって撃ち出した。薄い黄色の光を放ちながら粒子弾が飛翔し、偵察艦ギョガルから百メートル以上離れた位置を通り過ぎた。反撃としてレーザーが放たれ、小型航宙船の横を通り過ぎる。命中したら私とサリオは死んだだろう。恐怖が湧《わ》き起こったが、ベルタたちの事を思い出して恐怖を怒《いか》りで打ち消して戦いに集中した。

「しっかり狙って」

サリオの声が聞こえた。そう言われても、距離がありすぎるのだ。また偵察艦ギョガルからレーザー砲撃による攻撃が行われる。そのレーザーが私のすぐ近くを通り過ぎた。レーザーは目には見えないが、ゾロフィエーヌから『高次元アクセス法』を授かってから、高エネルギーの存在を感じるようになっていた。私は次々に粒子弾を放って偵察艦ギョガルを攻撃した。偵察艦ギョガルも攻撃を返すが、照準装置の性能が悪いのか命中しない。それに苛立《いらだ》ったのか偵察艦ギョガルが接近してきた。

「サリオ、ここで本格的な戦いになったら、巨大モンスターの注意を引いてしまわないか？」

私が気になった点をサリオに尋ねた。

「いえ、そろそろオーク艦隊と巨大モンスターが戦いを始めそうでしゅ。大丈夫でしょう」

それを聞いた私は、偵察艦ギョガルをジッと見詰めた。その間もレーザーキャノンによる攻撃が続いていた。だが、小型航宙船が小刻みに軌道を変えているので命中しない。右腕《みぎうで》を伸ばして手を指鉄砲の形にして偵察艦ギョガルを慎重に狙い、粒子弾を放つ。また外れた。すると、偵察艦ギョガルが高速ミサイルを発射した。

まずい、私は高速ミサイルが近付いてくるのを待って引き付けてから、ミサイルに向かって粒子弾を放った。幸運にも粒子弾が命中して高速ミサイルが爆発。高価な高速ミサイルを迎撃《げいげき》されたボォブロ艦長は、激怒《げきど》したようだ。無謀《むぼう》にも接近してレーザーキャノンで仕留めようと考えたらしい。

近付いてくる偵察艦ギョガルを見詰めながら深呼吸する。

絶対にベルタたちの仇《あだ》を討つ、その思いが心の中で膨れ上がった。その時の私は、ゴブリン族たちへの怒りが上回っており、恐怖を感じていなかった。怒りという感情が引き金となって精神が高《こう》揚《よう》し、集中力が高まっていた。偵察艦ギョガルの姿がよく見えるようになり、狙いを定めて粒子弾を放つ。それでも偵察艦ギョガルとの距離は離れていたので、命中するには運が必要だった。私には運があったようだ。粒子弾が偵察艦ギョガルの船尾《せんび》近くに命中した。開放レベルTの天震力で撃ち出した粒子弾だったので、その爆発力は限定的だ。爆発でエンジンの一部がへこみ作動しなくなっただけだが、加速できなくなり遅れ始める。

「サリオ、スピードを落としていいか？」

「ダメでしゅ。巨大モンスターに付いていってください」

「クソッ」

私は段々と離れていく偵察艦ギョガルを睨《にら》みながら諦めた。

偵察艦ギョガルが脱落した後、巨大モンスターとオーク艦隊との戦いが始まった。その戦いを見たサリオは、巨大モンスターの正体が分かったと言う。

「こいつは脅威度8の装甲砲撃イソギンでしゅ」

「脅威度8というのは？」

「モンスターの危険度を表した指標でしゅ」

【脅威度1】最弱のモンスター、武器があれば素人《しろうと》でも倒せる
【脅威度2】訓練した兵士や屠龍猟兵でないと倒せない
【脅威度3】哨戒艇《しょうかいてい》クラスの戦力を持つ
【脅威度4】戦闘機クラスの戦力を持つ
【脅威度5】フリゲート艦クラスの戦力を持つ
【脅威度6】駆逐艦《くちくかん》クラスの戦力を持つ
【脅威度7】巡洋艦クラスの戦力を持ち、小さな月なら破壊できる
【脅威度8】戦艦クラスの戦力を持ち、惑星を破壊できる

「という風になっていましゅ」

「脅威度9以上は居ないという事？」

「いいえ、脅威度9以上は数が少なく、特殊な場所でしか遭遇しないと言われていましゅ。我々のような者には無縁《むえん》の存在なのでしゅ」

　装甲砲撃イソギンは遠くから見ても巨大だと分かるモンスターだった。巨大な亀の甲羅のような装甲外殻《がいかく》には大小多数の砲撃口という穴があり、そこから砲撃触手という砲門を伸ばして敵に狙いを付ける。その砲撃触手というのはイソギンチャクの触手のようにくねくねと動くもので、そこからプラズマ弾を撃ち出す。オーク艦隊との戦いでも装甲外殻から数十本の砲撃触手がニョロニョロと伸び出てオーク艦隊を攻撃し始めた。

装甲砲撃イソギンのプラズマ弾はオレンジ色に輝いており、その輝きがオーク艦隊に向かって飛ぶ様は恐《おそ》ろしくも美しかった。それは流星群のように飛んでオーク艦隊に襲《おそ》い掛かった。何隻かの艦艇にプラズマ弾が命中して爆発する。真空中なので音は聞こえないが、爆発して船体に穴が開く様子が目に入る。寒気がするほどの破壊力である。オーク艦隊は必死に応戦した。巡洋艦や航宙砲艦が主砲の荷電粒子砲を装甲砲撃イソギンに向かって撃つ。そのほとんどは装甲外殻に当たって跳ね返された。だが、一部はくねくねと動いている砲撃触手に命中して破壊した。残念ながら、オーク艦隊の主力は航宙砲艦なので装甲砲撃イソギンに致命傷《ちめいしょう》を与える事はできない。

オーク艦隊が圧倒的《あっとうてき》に劣勢《れっせい》だった。オーク艦隊は反撃を諦め、逃げる事に集中した。そして、やっと恒星重力の影響圏《けん》から抜け出す。オーク艦隊はそれぞれが遷時空跳躍フィールド発生装置を起動し、遷時空跳躍フィールドを発生させると飛び込んだ。オーク艦隊が遷時空スペースに飛び込んだのを見た装甲砲撃イソギンは、自身も巨大な遷時空跳躍フィールドを発生させて飛び込む。

「今でしゅ。あそこに飛び込んで！」

私は小型航宙船を加速させた。巨大な遷時空跳躍フィールドは小さくなり始めていた。バーチ3だった速度がバーチ4に加速し、次にバーチ5まで加速する。間に合うか？　いや、間に合え！　私は全力で小型航宙船を飛ばした。どんどん遷時空跳躍フィールドが縮んでいく。

「速く、速く」

サリオの声が通信機から聞こえてきた。サリオも焦《あせ》っているようだ。遷時空跳躍フィールドが消える一瞬前に小型航宙船が飛び込んだ。その瞬間、空間がぐにゃりと歪《ゆが》むような感覚を覚え、気分が悪くなった。頭が朦朧《もうろう》としており、まともに考えられなくなる。よろよろしながらコクピットに戻った。

「気分が悪い、どうして？」

サリオに尋ねる。

「遷時空スペースに遷移しゅる事に成功したのでしゅ。この状態が遷時空スペースでしゅ。何度か経験すれば慣れましゅよ。それよりルオンドライブを起動しましゅ」

また内臓が捻《ね》じられたような感覚を覚えた。外を映すモニターを見たが真っ黒だった。遷時空スペースは人間の視覚やカメラなどでは感知できないので、真っ黒な空間に見える。但し、戦闘ルームから外を見ると、ボソル感応力が覚醒《かくせい》した私には暗い闇《やみ》の中に星のようなものが瞬《またた》いているように見えた。

二日が経過すると、だいぶ慣れてきた。ゴブリン族の航宙船で経験しなかったのは、遷時空スペースに遷移する時は強制的に眠《ねむ》らされていたからだ。

「ところで、どこの星に行くつもり？」

「ゴルゴナ星から三・四光年ほど離れているセリジョエル星でしゅ」

「光の速さで飛んでも、三年半ほど掛かるのか。遠いな」

「遷時空スペースを移動しゅれば、二日後にはセリジョエル星に到着しましゅ。しかし、それからが長いでしゅ」

超光速で移動できる遷時空スペースから通常空間へ戻る時、普通の星間政府は居住惑星から離れた宙域で通常空間に戻るように、と法律で定めている。それを破ると多額の罰金《ばっきん》が科せられるので、普通は惑星系の外縁《がいえん》部で通常空間に戻る。そこから惑星までが遠く通常空間での移動には時間が掛かるのだ。

遷時空スペースに慣れてから二日が経過した頃、サリオがルオンドライブの操作を始めた。

「そろそろ通常空間に戻るから、席に座って」

「分かった」

私はコクピットの座席に座った。サリオが操作すると、小型航宙船に振動《しんどう》が走り通常空間に戻った。

サリオが恒星を調べて、ホッとしたような顔をする。

「間違いない。セリジョエル星でしゅ」

セリジョエル星については、サリオから聞いている。この星を支配する住民は、ドワーフのような知的生命体だそうだ。身長は低く、男性は樽《たる》のような体形で髭《ひげ》を生やしている。

「ゴブリン族の次は、ドワーフ族か。宇宙はどうなっているんだ？」

私が独り言を口にすると、サリオが首を傾げる。

「えっ、ドワーフ族がどうかしたの？」

「何でもない」

「船の針路を、セリジョエル星の第四惑星に向けましゅ」

サリオが操縦システムから、目的座標を選択《せんたく》した。スラスターを吹《ふ》かした小型航宙船が大きく軌道を変える。微調整して進行方向が決まると、私の出番となった。戦闘ルームへ移動した私は、パワー導管の制御門を開放レベル1で開き、ボソル粒子と天震力を取り込み、その力で小型航宙船を加速させる。目的の速度に達したので、私は加速するのをやめて戦闘ルームからコクピットに戻った。

「それにしても、ゼンの天震力ドライブは凄いでしゅね。一流の魔導師でも、できないんじゃないでしゅか？」

それだけ天神族のゾロフィエーヌが教えてくれた天震力ドライブは、高効率だという事だ。ほとんどロスがないので、天震力の大部分を推進力に変換できるようだ。ちなみに、普通の魔導師が天震力ドライブを使った場合、取り込んだ天震力の一割も推進力に変換する事ができないという。天神族のやり方は、異常なほど効率が良いのだ。

「そう言えば、セリジョエル星を目的地に選んだ理由を聞いていなかった」

「ゴルゴナ星で回収した装備を売って、資金を作りたいのでしゅ」

私は首の後ろに手を当てた。

「その資金作りより先に、この調教端子を取り外せないか？」

「何をしゅるにもクレビットが、必要なのでしゅ。まずは資金調達が一番になりましゅ」

クレビットというのは宙域同盟で使われている金銭の単位である。聞いた話では日本円と同じような購買力《こうばいりょく》だと感じたが、それが正しいかはまだ判断できない。仕方ないか。資金がなければ、調教端子も外せないようだからな。小型航宙船を第四惑星に向けて飛ばす。ここでも私が天震力を使って加速させた。

セリジョエル星の外縁部で通常空間に戻った小型航宙船が、第四惑星の近くまで辿り着くのに四日が必要だった。第四惑星ジョエルの周りには、いくつかの宇宙ステーションがあり、その中の一つに小型航宙船を停泊《ていはく》させる。サリオは元々が宙域同盟の市民だったので、遺伝子や眼の虹彩《こうさい》などの個人識別データが故郷の惑星に残されている。その個人識別データとサリオの遺伝子情報などを突き合わせれば、市民かどうかを判別可能で身分証の再発行ができるそうだ。サリオ一人だけ宇宙ステーションに入り、身分証の再発行を申請《しんせい》した。宙域同盟の身分証は、カードとして所有している者が多い。身体に埋《う》め込むという方法もあるのだが、それを嫌《きら》う者も多いからだ。

サリオの身分証カードを再発行するのに、三日が必要だった。個人識別データの照合に時間が掛かったのである。身分証カードを手に入れたサリオは、屠龍猟兵ギルドに登録して屠龍猟兵となった。これは冒険者ギルドのような組織なので、様々な素材やものを買い取るシステムが存在するらしい。サリオは屠龍猟兵ギルドに装備品を売るために、登録したのである。他の企業《きぎょう》に売る事もできたが、素人が相手だと買い叩《たた》く企業もあるので、屠龍猟兵ギルドほど信頼《しんらい》できない。

我々は八光径荷電粒子砲を換金《かんきん》し、四千五百万クレビットの資金を得た。普通に暮らせば、二人が数年暮らせるだけの資金だが、小型航宙船の運用には金が掛かる。四千五百万クレビットなど、すぐになくなってしまうだろう。現に小型航宙船を宇宙ステーションに停泊させているだけで、一日五万クレビットほどの費用が発生している。後払《あとばら》いという方法がなければ、宇宙ステーションに係留する事もできなかった。

サリオは宇宙ステーションの通信システムを介《かい》して惑星ジョエルの惑星情報ネットに接続した。地球のインターネットより進んだ情報ネットワークである。探そうと考えているのは、首の後ろにある調教端子を取り出す事ができる医療マシンである。これほどの文明国になれば、レンタル医療マシンなどがあり、それを寄港した航宙船に貸し出すサービスもしているらしい。但し、レンタル料は高い。調べてみると一日のレンタル料が約百五十万クレビットだった。それでも必要だったので、サリオはレンタルを申し込んだ。

翌日、小型航宙船に医療マシンが運ばれてきた。整備ロボットたちが受け取って、多目的スペースに据《す》え付ける。酸素カプセルのような医療マシンを見て、本当に大丈夫なのか心配になった。

「本当に爆発するような事はないいんだろうな？」

「大丈夫でしゅ。ドワーフ族の文明レベルは『D』に達していましゅから、信用できましゅ」

初めにサリオが試《ため》す事になった。いろいろと情報を入力したサリオが上半身裸になって、医療マシンに入った。カプセルの扉が閉まると、医療マシンが検査を始める。検査が終わると、サリオの首の後ろに埋め込まれている調教端子を取り出す手術が始まった。医療マシンの内部では何本かのロボットアームが動き出し、麻酔《ますい》で眠っているサリオの身体を切って調教端子を取り出した。無事に手術が成功したサリオは、医療マシンから出てきた。この医療マシンの事を聞いていたので、天神族のゾロフィエーヌに願いの一つとして言わなかったのだ。

「次はゼンの番でしゅよ」

私も上半身裸になると医療マシンに入った。十五分ほどの検査が行われ、すぐに意識がなくなる。麻酔を射たれたようだ。意識が戻った時には手術が終わっており、医療マシンから這《は》い出す。首に手を当てると絆創膏《ばんそうこう》のようなものが貼《は》ってある。だが、調教端子の膨らみは無くなっていた。私はホッとしてサリオの方を見ると、真剣《しんけん》な顔で検査結果のデータを見ていた。

「どうかした？」

「ゴブリン族が、使った抗体免疫《こうたいめんえき》ナノマシンと体内調整ナノマシンなのでしゅが、かなり性能が低いものだったようでしゅ」

そう言われてもピンと来ない。

「どれくらい性能が低いものなの？」

「三年以内に交換《こうかん》しないと、身体に悪い影響が出るかもしれません」

「ま、まずいじゃないか。ここで新しいものと交換できない？」

「ジョエルには、ドワーフ族用のものしかないようでしゅ。医療関係の技術が発達した文明圏で交換した方がいいと思いましゅ」

不安だったが、サリオがそう言うならと思った。

「次はゼンが宙域同盟の市民権を手に入れないと」

「市民権がないと何か不都合があるのか？」

サリオの話だと、市民権がないと星間金融《きんゆう》口座を作れなくて不便らしい。その惑星でしか使えない口座は、身分証がなくとも作れる星もあるが、放置すると没収《ぼっしゅう》されるようだ。それに様々な免許《めんきょ》も取得できないという。小型航宙船を操縦するために必要な航宙船操縦士二級の免許も取れないらしい。

「それで、市民権を取得する方法は？」

市民権を取る方法は、宙域同盟に所属する国家の法人企業に正式に雇用《こよう》され、半年間ちゃんと働けば準市民権がもらえ、それから宙域同盟の宙域市民権が取得できる試験を受けるというやり方と、新しい市民を募集《ぼしゅう》している開拓《かいたく》惑星やスペースコロニーで一定期間働けば、市民権が取得可能な制度が存在するらしい。

「その他に屠龍猟兵ギルドに登録して、チラティア星でモンスター狩りをしゅれば、市民権を得る事ができましゅ」

そこはモンスターと呼ばれる生物兵器が野放しとなっている惑星だという。そこでモンスター狩りをして、実力を上げると市民権がもらえるという制度があるそうだ。これは屠龍猟兵ギルドが優秀な人材とモンスターの素材を手に入れるために行っているものだ。

「ちょっと待って。屠龍猟兵ギルドに入るのに、身分証は必要ないの？」

「実力を確認しゅるテストを受け、合格すれば必要ないでしゅ。ただ身元保証人は必要でしゅ」

屠龍猟兵ギルドに入っただけでは、公的な身分証が発行されないので星間金融口座などは作れないらしい。

「宇宙クラゲを倒せたんだから、大丈夫かな。まず何をすべきだと思う？」

「チラティア星へ行きましょう」

「サリオの故郷へ行くんじゃないのか？」

サリオが溜息を吐いた。

「そうしたいのでしゅが、この船で長距離航行しゅるのは無理でしゅ」

サリオの故郷の星へ行くには、二百七十光年を旅する必要がある。小型航宙船は六十光年も航行するとオーバーホールする必要があるという。小型航宙船は惑星間で運用する目的で建造された航宙船なので、星間航行させる事が間違いなのだ。

「そうなると、本格的な星間航宙船を手に入れるか、旅行会社のチケットを買って旅行するかだな。星間航宙船は、どれくらいのクレビットが必要になるんだろう」

「遷時空跳躍フィールド発生装置を搭載している航宙船なら、中古の小型でも数千億クレビット、遷時空跳躍フィールド発生装置なしのオンボロなら、数十億クレビットでしゅね」

「桁《けた》が違うじゃないか」

「遷時空跳躍フィールド発生装置が、超高価なのでしゅ」

この小型航宙船に運び込んだ遷時空跳躍フィールド発生装置が、どれほどの値段になるのか知りたくなった。それをサリオに確かめると、修理できたら六千億クレビットくらいではないかという。

「売った方が良さそうな気がしてきた」

「ダメでしゅ。遷時空跳躍フィールド発生装置は二度と手に入らないかもしれないのでしゅ」

金があっても遷時空跳躍フィールド発生装置は購入できるか分からないものらしい。なので、売るのは最後の手段にしたいと言う。結局、チラティア星へ行く事に決めた。その前に屠龍猟兵ギルドに登録しようと思う。屠龍猟兵ギルドの支部は宇宙ステーションの内部にも存在し、サリオはそこで登録したそうだ。

私とサリオは屠龍猟兵ギルドの支部へ行った。身分証のない者が登録する場合、保証人が必要なのでサリオになってもらう事になっている。その支部は受付にロボットと髭ぼうぼうのドワーフ族だけしか居なかった。そのドワーフ族はだるそうな感じで椅子に座っている。対応したのはロボットだ。

「どのような御用件《ごようけん》でしょうか?」

「屠龍猟兵として、登録したい」

「身分を証明するものをお持ちですか?」

「無いので、サリオが保証人になってくれる」

「承知いたしました。それでは屠龍猟兵に入れるだけの技量を持っているかテストいたします。得意な装備や艦艇はありますか?」

私がモンスターを倒したのは、機動甲冑とスペース機関銃を使ってである。粒子弾はまだ未熟なので、機動甲冑とスペース機関銃だと言うと、シミュレーターで実力をチェックするという。私はシミュレーターマシンまで案内され、中に入った。ゴブリンの船で訓練したシミュレーターに似ているが、もっと高性能なものだ。そのシミュレーターで宇宙クリオネや宇宙クラゲなどを撃破すると、受付ロボットが実力を承認した。

「それでは屠龍猟兵ギルドの規則を身に付けてもらいます。どのような方法が良いですか？」

よく分からなかったので、サリオに視線を向ける。

「情報転写型ナノマシンで、お願いしましゅ」

「それですと、一万クレビットが必要ですが、よろしいですか？」

サリオが承諾《しょうだく》すると、屠龍猟兵ギルドの規則と宙域同盟の一般常識が入った情報転写型ナノマシンが、私の体内に注射された。すると、頭の中がぐるぐる回り始めたが、五分ほどで治って屠龍猟兵ギルドの規則と宙域同盟の一般常識が記憶《きおく》されたのを確認した。


宇宙ステーションの屠龍猟兵ギルドには、二つの施設がある。一つは受付カウンターのある事務処理施設、もう一つはスーパーマーケットのような商業施設だ。新しい屠龍猟兵カードを受け取った私は、サリオと一緒《いっしょ》に商業施設に向かう。どうしても美味しい食事が欲しかったのである。

「ここで売っているものは、全部食べられるのか？」

「いえ、食料品は種類分けしてあり、その中から食べられるものを選ぶのでしゅ」

私とサリオでも、食べられるものが違うらしい。もちろん共通して食べられるものの方が多いらしいが、気を付けなければならない。私は自分の遺伝子分類コードをレンタル医療マシンで調べて知っていた。その遺伝子分類コードが印刷されている食べ物は大丈夫らしい。売り場を回って食べられそうなものをカートに入れる。一番多いのが味と匂《にお》い付きの保存食チューブである。味見させて欲しいが、そういうシステムはないようだ。他に保存食がないか調べると、冷凍《れいとう》食品の種類が多いのが分かった。大量の冷凍食品を購入して船に運んでもらうように手続きする。

「あっ、冷蔵庫がない」

今まで保存食チューブだったので、冷蔵庫が必要なかったのだ。それに電子レンジのような調理器具や食器、スプーンなどもなかったので購入する。ちなみに、箸《はし》は売っていなかった。生活に必要な様々なものを購入して小型航宙船に戻る。それから購入した品物が届くのを待った。届くまでは保存食チューブなので、一刻も早く届くのを願って過ごす。宇宙ステーションに飲食店があるのなら、そこで料理を食べたかったのだが、中に飲食店はなかった。その購入品が届いて冷蔵庫などを設置すると、我々は久しぶりにまともな食事を食べた。

「味がする。だけど、久しぶり過ぎて、旨いかどうか分からない」

実際、微妙《びみょう》な味だったのだ。期待が大きかっただけに、ちょっとがっかりである。

我々はチラティア星へ向かう事にした。当然、遷時空跳躍フィールドをどうするかという話になるが、こういう文明圏には、遷時空跳躍フィールド発生リングという装置があるという。恒星から離れた位置に設置されている遷時空跳躍フィールド発生リング、通称《つうしょう》『跳躍リング』というものに金を払うと、遷時空跳躍フィールドを発生してくれる。我々は小型航宙船で跳躍リングに向かった。直径三キロほどありそうなドーナツ型の建造物である跳躍リングに近付くと、通信機に連絡が来た。

「跳躍リングを使われますか？」

サリオが通信機で『使う』と返事をすると、指定口座に送金するように指示された。サリオは自分の星間金融口座の機能を使って送金する。

「入金を確認しました。バーチ1以上に加速して、リング内を通過するコースを進んでください」

サリオは針路を微調整し、跳躍リングを通り抜けるコースを飛んだ。そして、もう少しで跳躍リングを潜《くぐ》ろうとした時に、ドーナツ型建造物の内側に遷時空跳躍フィールドが発生した。我々の小型航宙船は遷時空跳躍スペースに遷移した。また内臓が捻られるような感覚を覚える。まだ慣れないようだ。

「サリオ、料金はいくらだった？」

「遷時空跳躍フィールドの発生に掛かった料金は、およそ三百万クレビットでしゅ」

私は溜息を漏らした。

3.

魔境惑星ボラン

チラティア星に到着《とうちゃく》した我々は、立体ディスプレイに映し出された恒星《こうせい》を見た。太陽に似ているが、少し赤みが強いように感じる。この恒星も太陽と同じ黄色矮星《わいせい》で、第五惑星《わくせい》ボランに人が住んでいる。その第五惑星に五日で到着した。その惑星は青い海と緑に覆《おお》われた陸地が存在し、地球を連想させる惑星だった。惑星に近付くと巨大《きょだい》な構造物が目に入る。

「あれは？」

尋《たず》ねると、サリオが立体ディスプレイに映し出された惑星をチラッと見る。

「あれは宇宙《うちゅう》エレベーターでしゅよ。宇宙に出ている部分が宇宙港になっていましゅ」

その宇宙港は直径三十キロほどの大きさがあった。その宇宙港に近付き、管制システムと交信する。管制システムが係留ポイントと飛行ルートを送ってきたので、それに従って近付きドッキングした。我々は着替《きが》えとか装備を保管ケースに入れ、ハッチからチラティア宇宙港に入る。そこで保安システムによる検査が行われた。悪性の病原菌《びょうげんきん》を持っていないか調べられ、荷物も検査された。検査しているのはアンドロイドである。但《ただ》し、そのアンドロイドは猫耳《ねこみみ》だった。製作した種族が猫耳なのだろう。それをサリオに聞いてみた。

「この惑星を管理しているのは、ワーキャット族でしゅ。文明レベルは『D』でしゅが、アウレバス天神族の眷属《けんぞく》でしゅから、逆らってはいけません」

ワーキャット族の一部は、天神族に従属している。そして、天神族のために働いているという。同じワーキャット族でも、死んだベルタやリエトとは全く違《ちが》うようだ。宇宙港内は基本的に無重力らしい。どんな種族が訪《おとず》れるのか分からないので、人工重力は無効にしているようだ。空気は宙域同盟で標準と言われている空気成分になっている。私も呼吸できるタイプのものだった。宇宙エレベーターで地上に下りる事にした。一人二十五万クレビットもしたので驚《おどろ》いたが、この値段は安いらしい。我々はエレベーターの中で話し合う。

「ここでモンスター狩《が》りをすると、宙域市民権を手に入れられるんだよな？」

「そうでしゅ。但し、屠龍猟兵《とりゅうりょうへい》のランクDになる必要がありましゅ」

「ん？　どういう事？」

屠龍猟兵にはランクというものがあり、登録したばかりだとランクGになる。モンスターを倒《たお》して実績を上げるとG、F、E、D、C、B、A、Sの順番でランクは上がるというのは知っていたが、ランクDになると宙域市民権が手に入るというのは知らなかった。

「ランクDというと、どれだけのモンスターを倒さないとダメなんだ？」

「脅威度《きょういど》3のモンスターを、倒せるようにならなければなりません」

宇宙クリオネや宇宙クラゲが脅威度1なので、宙域市民権への道は遠い。だが、サリオは私がすぐにランクDになれると思っているようだ。ゾロフィエーヌからもらった『高次元アクセス法』を過大評価しているとしか思えない。

「サリオもモンスター狩りをするのか？」

「まさか、僕《ぼく》にはボソル感応力もパワーもないのでしゅよ。その代わりに航宙船《こうちゅうせん》操縦士二級の免許《めんきょ》を取るつもりでしゅ」

ボソル感応力もパワーもない種族が地上で狩《か》りをする場合、機動剛兵《ごうへい》が使う武装機動甲冑《きどうかっちゅう》などを装備して戦うらしい。この武装機動甲冑というのは、強力な武器が組み込《こ》まれている機動甲冑というもので、使用者の力を十数倍にも増幅《ぞうふく》し、組み込まれた武器で戦えるそうだ。

「だったら、それを購入《こうにゅう》して一緒《いっしょ》にランクDを目指さないか」

「武装機動甲冑は、安いものでも三億クレビットはするのでしゅ」

私とサリオの全財産は、少し減って四千万クレビットなので到底買えない。私だけでモンスター狩りする事が決定である。エレベーターが地上に到着し、我々は魔境《まきょう》惑星ボランに降り立った。宇宙エレベーターの基礎《きそ》部分は、エレベーター街として発展していた。その一画に屠龍猟兵ギルドの育成センターがあり、その登録カウンターへ行く。

ここのカウンターで育成プログラムに登録すると、屠龍猟兵ギルドが用意した『ゲストタワー』と呼ばれる宿泊施設《しゅくはくしせつ》を使えるようになり、実績収集バッジが貸し出される。実績収集バッジというのは直径五センチほどの丸いバッジである。私が倒したモンスターをカウントし、実績として報告する機能があるという。ここのカウンターにはロボットだけではなく、ワーキャット族の女性職員が数人居た。ロボットの対応を嫌《きら》う屠龍猟兵が居るらしい。担当は女性職員のアデリナというワーキャット族だった。猫耳がピコピコ動いて可愛《かわい》い。

「これがゲストタワーの部屋のカードキーです。失《な》くさないでください」

アデリナから、カードキーを二枚渡《わた》された。宇宙エレベーターの傍《そば》にあるゲストタワーの二階にある部屋のキーである。二枚なのは家族で来る者も居るので、習慣として二枚用意しているそうだ。ランクが上がるに従い上の階の部屋を使えるようになるという。このゲストタワーは巨大であり、屠龍猟兵一万人ほどが生活できる部屋を備えていた。部屋に入ると八畳《じょう》ほどの広さで、トイレとシャワーが付いている。サリオは一緒に生活するという。ホテル代が勿体《もったい》ないからだ。食事は食堂とスーパーマーケットのような店があると登録カウンターのロボットが言っていた。

「そう言えば、私は装備を買わなくてもいいんだろうか？」

地上でモンスター狩りをすると思うと、何となくファンタジー小説を思い出し、鎧《よろい》とか剣《けん》？　じゃなくて銃《じゅう》を購入しなくても良いのだろうか、と思ったのだ。

どこで買えば良いのだろうという疑問が浮《う》かび、頭の中に地図が浮かび上がった。魔境惑星ボランのビゼラ大陸にある屠龍猟兵ギルドの育成センターには、九つの出入り口がある。一つはエレベーター街と繋《つな》がっており、残りの八つはモンスターが棲息《せいそく》する地域と繋がっている。育成センターからエレベーター街に出て防具や武器を売っている店に行く。膨大《ぼうだい》な品揃《しなぞろ》えのある店で、種族ごとに区分けされていた。ちなみに、エレベーター街には三百万人ほどの知的生命体が暮らしており、決して小さな町ではなかった。

我々はヒューマン族の区画に行って、まず防具をチェックした。防刃《ぼうじん》効果がある防護服と耐衝撃《たいしょうげき》ベストが一般的《いっぱんてき》装備らしい。

「見てください。ドラゴンアーマーでしゅよ」

サリオの目の前にあるガラスケースには、ドラゴンの鱗《うろこ》で作られたアーマーが飾《かざ》られていた。値段は七千万クレビットだ。高すぎるだろう。二人の全財産を出しても買えない。私は一般的な防護服と耐衝撃ベストを選んだ。それから軍用ブーツも買う。それだけで二十万クレビットほどした。

「武器は何にしゅる?」

「魔導師の武器は、何だろう?」

暇《ひま》そうにしている店員に尋ねた。その店員はワーキャット族の若い男性で、なんとなくイケメンの雰囲気《ふんいき》がある。なんとなくというのは、私にはワーキャット族の美的センスが理解できなかったからだ。

「お客さんは魔導師なんですか?」

「そうだ」

「でしたら、小型の盾《たて》とメイソン銃をお勧《すす》めします」

メイソン銃というのは、弾頭《だんとう》内部に強力な炸薬《さくやく》が仕込まれている炸裂弾《さくれつだん》を発射する銃で、グレネードランチャーに似ているがもっと小型の銃弾を発射するものだった。

「六連発か。炸裂弾が大きいから仕方ないのか」

もう少し多くの弾《たま》を連発できる方が良かったが、店員に聞くと一発命中すれば、脅威度1のモンスターなら仕留められるそうだ。盾は買わずメイソン銃だけを買った。初めて魔境に行くのなら、南のシスカ草原がお勧めだと店員から聞いた。脅威度1のモンスターしか居ないので、モンスター狩りに慣れるのにちょうど良いという。

買い物を終えた私とサリオは、店を出て通りを歩き始めた。

「航宙船操縦士二級の免許を取ると言っていたけど、どうすれば取れるんだ?」

「免許を取るための学校があるのでしゅ。そこで勉強を頑張りましゅ」

勉強と言っても、シミュレーターによる飛行訓練がメインになるらしい。今後、私が狩りに行っている間、サリオは航宙船操縦士の養成学校で勉強する事になるだろう。

その後、シスカ草原で遭遇《そうぐう》するモンスターの資料を、アヌビス製のスマートグラスで調べた。惑星ボランの惑星情報ネットには膨大な量の情報が存在しており、情報を絞《しぼ》るのが大変なほどだ。調べた結果、シスカ草原には六本足の猪《いのしし》のような『暴走《ぼうそう》ボア』、装甲《そうこう》のような皮膚《ひふ》を持つ『装甲《そうこう》ドッグ』、全長一メートルの大蜘蛛《おおぐも》『殺人《さつじん》スパイダー』などが居ると分かった。

私はシスカ草原のモンスターについて調べた後、射撃練習場へ行って、購入したメイソン銃を使った射撃練習を行う。もちろん、練習に使う銃弾は炸薬を抜《ぬ》いたものだ。納得《なっとく》いくまで射撃の練習をした後、狩りに行く事にした。

朝早く防護服と耐衝撃ベストに着替えて実績収集バッジを付けてシスカ草原に通じている通路を草原へと向かう。すると、軍用車のように頑丈《がんじょう》そうな車が何台も追い抜いていく。その中の一台が止まって、運転席から赤い髪《かみ》の若い男が降りた。二十代前半で逞《たくま》しい体格をしている。

「おい、新人か？」

「そうです」

「そうだと思ったぜ。シスカ草原で狩りをする連中は大勢居るが、ほとんどは車を使うからな。途《と》中《ちゅう》まで送ってやる。歩くと一時間くらいは掛《か》かるぞ」

私は乗せてもらう事にした。こういう車をハントカーというらしい。

「車がないと、倒した獲物《えもの》も運べないだろう。どうするつもりだったんだ？」

そう言えば、倒した獲物を持ち帰る手段をまだ考えていなかった。ここで活動している屠龍猟兵の収入源は、獲物を持ち帰って換金《かんきん》する事らしいので、そういう手段が必要なのだ。

「今日はどんなモンスターが居るか、確かめるだけにしようと思っていたんです」

「へえー、初日なのか。まあ、頑張るんだな」

シスカ草原の入り口まで乗せてもらって、車から降りた私は広々とした草原を見渡した。

「やっぱり車は必要だな」

車の免許は取得しているが、日本の免許証を所持していたとしても、ここでは役に立たないだろう。宙域同盟の免許を取るべきだろうか？

天震力《てんしんりよく》ドライブを使って飛べないだろうかと考えたが、天震力ドライブは小型航宙船を加速するだけのパワーがあるのだ。それを人間に対して使ったら、恐《おそ》ろしい事になりそうである。やめた方が良いだろう。

「もしかして、天震力ドライブでモンスターを飛ばしたら、一撃必殺になる？　いや、ダメだな。天震力ドライブを発動するには、時間が掛かる」

天震力ドライブは発動に五秒ほど掛かるのだ。ちなみに『粒子撃《りゅうしげき》』は一秒ほどで撃《う》てるまでに上達している。

「同じモンスター狩りでも、宇宙とは全く違っているな」

何か新鮮《しんせん》な感じがするし、モンスターと遭遇したら恐怖《きょうふ》を感じそうだ。腰《こし》のベルトに吊《つ》るしているメイソン銃に視線を向けた。射撃場での練習では、的に命中するようになっていた。但し、この銃を使うのは最後の手段だと考えている。魔導師として成長するつもりなら、『粒子撃』でモンスターを仕留めたい。

そうだ、地上で『粒子撃』を使った事がなかった。ここで練習しておこう。パワー導管に繋がる制御門《せいぎょ》を開放レベルTだけ開いた。その瞬間《しゅんかん》、私の身体《からだ》の中にボソル粒子と天震力が流れ込む。草原の中に一本の木が生えていた。その幹は直径二十センチほどあり丈夫そうだ。その幹に向けて『粒子撃』を放った。粒子弾が天震力により加速し音速を超《こ》える。木の幹に命中した瞬間、ドカンという轟音《ごうおん》が響《ひび》き渡り幹が爆発《ばくはつ》して粉々になった。

「うわっ！」

爆風を受けて地面に倒れた。威力があり過ぎたのだ。ここが宇宙じゃないのを理解していなかった。宇宙は空気がないから爆風もないが、ここは違う。それに爆発力が強すぎて獲物が爆散してしまう。

「もっと威力を絞らないとダメだな」

試《ため》しにボソル粒子の量を制限して野球のボールほどになった粒子弾を加速して木の幹に向かって放つ。命中した瞬間、前回より規模が小さな爆発が起きた。爆風で倒れた私は地面に尻餅《しりもち》をついた。

「げほっ」

失敗した。もう少し間合いを取るべきだった。次はボソル粒子をいつもの一パーセントだけに制限して加速し木の幹にぶつけた。命中して爆発したが、その爆発力は大したものではない。中途半端《ちゅうとはんぱ》な威力である。そこでボソル粒子の量をいつもの一割ほどにして、長さ八センチほどのライフル弾のような形に形成して加速を抑《おさ》えて放った。今度は木の幹を貫通《かんつう》しただけで爆発しなかった。形状に問題があったようだ。

狙《ねら》った通りの効果が発生したのを見届けた私は、貫通させるには球形よりライフル弾の形が良いと判明した。この形状なら粒子弾をマッハ10にまで加速しても大丈夫だと分かった。今度こそ成功だと確信した。この戦術《せんじゅつ》魔導技《まどうぎ》をスマートグラスを使い惑星情報ネットで調べると、同じものが存在した。『粒子撃・貫通弾』と呼ばれており、ボソル粒子の投射体は『粒子貫通弾』と呼ぶらしい。

私が爆発音を立てたからだろう。モンスターが近付いてきた。装甲ドッグと呼ばれる体長二メートルほどの装甲を纏《まと》った犬だ。その皮膚は見た目が犀《さい》の皮膚に似ており、三センチ以上の厚みがあるらしい。普通《ふつう》の銃弾では貫通できず、炸裂弾でないと致命傷《ちめいしょう》を与《あた》えられないという。防御力が高い上に自己治癒《ちゆ》能力も高いのだ。私はパワー導管に繋がる制御門を開放レベルTだけ開き、流れ込んでくるボソル粒子をライフル弾形に形成し、天震力で加速する事で飛ばす。その粒子貫通弾は、装甲ドッグの肩《かた》に命中すると貫通して背中から抜けた。装甲ドッグが衝撃で弾《はじ》き飛ばされ、地面に横たわる。それでも死んではおらず、トドメを刺《さ》すためにもう一発粒子貫通弾を発射した。頭を撃ち抜かれた装甲ドッグは死んだ。

「仕留めたのはいいけど、持って帰れないから、換金できないんだよな」

装甲ドッグは皮と肉に価値があるらしい。つまり肉が食えるのだ。仕方ないので戻《もど》る事にする。このまま狩りを続けても無駄《むだ》だと分かったからだ。一時間掛けて戻り、サリオに事情を話した。

「そうでしゅか。ハントカーが必要なのでしゅね」

二人で話し合い、免許を取得してハントカーをレンタルする事にした。

私は五日で免許を取り、ハントカーで狩りに出掛けた。ちなみにハントカーは、ロボットカーのようなものでハンドルが付いているが、人間が操作せずに目的地を入力すれば到着する。但し、狩りの場合は目的地がある訳ではないので、ハンドルを使って運転するようだ。その日、レンタルした小型レッカー車のような形のハントカーでシスカ草原へ向かった。ちなみに、この形のハントカーが一番安かった。ハントカーの乗り心地《ごこち》はかなり良かった。運転も簡単でハンドルと速度レバー、ブレーキを操作するだけだ。地球の車と違うのはアクセルペダルではなく、速度レバーだという点である。

最初に遭遇したのは殺人スパイダーだった。遠くに居る大蜘蛛を発見してハントカーから降り、パワー導管に繋がる制御門を開放する。殺人スパイダーは体長一メートルほどの大蜘蛛だ。その牙《きば》には猛毒《もうどく》があり、近寄らせると厄介《やっかい》なモンスターなのだ。私はハントカーから降りて身構えた。すると、殺人スパイダーが凄《すご》い勢いで迫《せま》ってくる。慌《あわ》てて粒子貫通弾を発射。だが、殺人スパイダーがピョンと横に跳《と》んで避《さ》ける。粒子貫通弾が見えたというのではなく、殺気を感じて避けたようだ。

粒子貫通弾は地面に穴を開けただけで終わる。殺人スパイダーが六メートルほどまで迫っており、慌ててメイソン銃を抜いて引き金を引いた。炸裂弾は殺人スパイダーに命中して爆発し、私も爆風を受けて転んだ。

「うっ、腰を打った。……メイソン銃は近い距離《きょり》に居るモンスターを撃つような武器じゃないな」

　武器屋に剣とか槍《やり》があったので、銃があるのに必要ないんじゃないかと思ったが、こういう場合は必要らしい。考えた末に、ボソル粒子を棒状にして武器にできないかと考えた。ボソル粒子を集めて棒状にするのは簡単だ。但し、それを維持《いじ》するのは難しかった。このボソル粒子の棒を維持している間は、他の戦術魔導技を使えないようだ。困った。これじゃあ、ボソル粒子の武器は使えない。

　ハントカーに戻って、惑星情報ネットの情報を調べ始める。膨大な情報量の惑星情報ネットから、必要な情報を探すには時間が掛かる。調べた結果、ボソル粒子の棒を維持するという作業を呼吸しているのと同じように無意識でもできるようになれば、維持しながら他の戦術魔導技を使えるようになるらしい。

「そうなると、棒状の武器よりバリアのような防御がいいのかな。同時に両方使えれば……」

　仕方ない、地道に訓練しよう。今日は少しでもモンスターを倒して実績を作ろう。私は胸に付けている実績収集バッジをチラリと見た。ハントカーに乗って草原を奥《おく》へと進む。時々、他の屠龍猟兵が乗るハントカーとすれ違う時もあったが、言葉を交《か》わす事はなかった。一時間ほど走ったところで、今度は六本足の猪である暴走ボアに遭遇する。実物を見ると巨大だ。体長は三メートルほどで、肩までの高さが一メートル半ほどもある。きっと体重は一トンを超えるに違いない。

　三十メートルほど離《はな》れている暴走ボアが、私に向かって走り出す。凄《すさ》まじいプレッシャーを感じながら、粒子貫通弾を暴走ボアに向けて放った。粒子貫通弾は音速を超えて加速し、暴走ボアの胸を貫通して内臓に大ダメージを与える。致命傷ではなかったが、暴走ボアは口から血を流してふらふらと前進する。トドメを刺すために、暴走ボアの頭を狙って粒子貫通弾をもう一度放つ。今度は眼《め》と眼の間に命中。暴走ボアが地面に倒れ、そのまま静かになった。

「ふうっ、仕留めたぞ」

ハントカーに搭載《とうさい》されている電動ウインチからワイヤーを出し、仕留めた獲物にワイヤーを巻き付け荷台に引き上げる。車と違い獲物にはタイヤがないので、引き上げるのにパワーが必要だ。小型レッカー車のようなハントカーのパワーが並外れているのを理解した。さすが宇宙文明の車だと感じる。但し、やり方が地球と同じなので、ガッカリ感がある。

「形が小型レッカー車なのは、いまいちだよな」

モンスターの死骸《しがい》を載《の》せる荷台と運転席となると、必然的にこのような形になるようだ。ちなみに、荷台は冷蔵機能がある。暴走ボアを換金するために、私は屠龍猟兵ギルドへ行く。買取部には責任者であるワーキャット族のヴェゼッタという女性がやり方を教えてくれた。

搬入口にモンスターの死骸を入れ、操作ディスプレイで売る部位と持ち帰る部位を指定するだけである。私は暴走ボアの死骸を搬入口に入れ、全部売る事にする。指定完了《かんりょう》ボタンを押《お》すと、暴走ボアの死骸が解体される。内臓が破壊《はかい》されていたので、七十万クレビットほどになった。暴走ボアの内臓は旨《うま》いらしい。

「しかし、屠龍猟兵ににゃったばかりにゃんでしょ、凄いわね」

ヴェゼッタが驚いていた。普通はもっと小物を狙うらしい。シスカ草原には、大きなネズミのようなモンスターや昆虫《こんちゅう》型のモンスターが居るそうだ。但し、そういう小型のモンスターは安いという。ヴェゼッタが端末《たんまつ》を操作して、暴走ボアの傷を調べた。

「二撃で仕留めているのね。何を使って仕留めたの？」

「『粒子撃・貫通弾』です」

「へえー、魔導師にゃのね。でも、粒子貫通弾はもっと威力が弱かった気がするけど？」

「粒子貫通弾は、使う天震力の量によって威力が変わりますから、その調整が上手《うま》くできていないんです」

ヴェゼッタは納得したという感じで頷《うなず》いた。

「優秀《ゆうしゅう》な屠龍猟兵ににゃりそうね。でも、焦《あせ》っちゃダメよ。シスカ草原で戦いに慣れてから、次の狩り場へ行った方がいいわよ」

「分かりました」

◆◆◇◇◆◆◇◇◆◆

僕はサリオ・バラケル、文明レベルEのコラド星第四惑星ジルタで生まれた。一般的な家庭で育ち、将来は航宙船のパイロットになりたいと思っていたクーシー族である。しかし、運悪く乗っていた航宙船が海賊《かいぞく》に襲《おそ》われて捕《つか》まってしまう。金持ちの子供ではなかった僕は、下級民マーケットに売られ、ゴブリン族の軍に買われた。それ以降はゴブリン族からこき使われる毎日を過ごした。だが、ゼンという地球人と知り合い、ゴブリン族から逃《に》げ出す事ができた。ただ故郷のコラド星に帰るには、莫大《ばくだい》な金か長距離の超光速航行ができる航宙船が必要だった。

僕とゼンは小型航宙船を手に入れたが、性能の問題でコラド星まで行く事はできない。そこで惑星間輸送業を始め、金を貯《た》めてからコラド星へ帰ろうと計画している。その輸送業を始める準備をしている時に、あるニュースが入ってきた。ゲストタワーの部屋でスマートグラスを使って輸送業を始める申請書《しんせいしょ》を作成していると、コラド星という単語が目に入った。コラド星で戦争が起きたというニュースだ。

「どういう事？」

コラド星を検索《けんさく》して調べると、コラド星とゴブリン族のゴヌヴァ帝国《ていこく》が戦争状態になったというニュースだった。そんな……惑星ジルタはどうなった？　家族は大丈夫なのか？　それから徹底《てってい》的に調べたが、故郷である惑星ジルタがどうなったか分からない。心だけが焦ってジッとしていられなくなった。立ち上がると部屋の中を行ったり来たりし始める。そして、すぐにでもコラド星へ戻りたいという気持ちになった。

「どうしたらいいのだろう？」

コラド星までの二百七十光年を旅するとなると、二億クレビットほどの旅費が必要になる。そんな金はないので、何かを売って旅費を用意するしかなかった。僕が売れるものと言ったら、小型航宙船くらいしかない。でも、あれはゼンのものでもある。頭の中にある知識を売れないかと考えたが、難しいと気付いた。そういう知識を売るマーケットがある星は、少し遠いのだ。そうなると小型航宙船を売るしかない。頭の中がぐるぐるしてきた時、ゼンが帰ってきた。

　僕の顔を見たゼンが、変だと気付いたようだ。

「サリオ、何かあったのか？」

　僕はコラド星で起きている事をゼンに話した。

「もしかして、コラド星に戻りたいのかい？」

「そうだけど、旅費がないでしゅ。二億クレビットくらい必要なのでしゅ」

　ゼンは少し考えてから、一つの提案をした。

「小型航宙船を売ろう」

「いいのでしゅか。売ったら、二度と手に入らないかもしれませんよ」

「手に入らないのは、遷時空跳躍《せんじくうちょうやく》フィールド発生装置とルオンドライブだろ。それだけ取り外して売ればいい」

　なるほどと納得した。小型航宙船は文明レベルCのアヌビス族が建造した惑星間航宙船だが、数十億クレビットも出せば買える航宙船である。僕はすぐに小型航宙船を売りに出した。小型航宙船に積んでいた遷時空跳躍フィールド発生装置とルオンドライブは整備ロボットと一緒に、借りた倉庫に保管する事にした。小型航宙船は売り急いだせいで、安く買い叩《たた》かれ十億クレビットほどで売れた。僕はその半額をゼンに渡そうとしたが、ゼンが断った。

「コラド星へ行った後、家族を見付けて避難《ひなん》しなきゃならないだろう。それにここに帰ろうと思ったら、大金が必要になる。私はここで稼《かせ》ぐから、その金は全部サリオが使ってくれ」

そう言われて涙《なみだ》が出そうになる。

「ありがとう」

「礼なんかいいよ。それより遷時空跳躍フィールド発生装置とルオンドライブを預かっているのが、私だという事を忘れるなよ。あれは小型航宙船なんかより、ずっと高価なんだからな。必ず戻って来い」

僕はゼンと別れてコラド星への旅に出た。もちろん、コラド星行きという船はないので、複数の船を乗り継《つ》いでコラド星へ向かう。


そして、五ヶ月の時間を掛け、コラド星の一歩手前のタリタル星外縁部《がいえんぶ》に到着した。そこからタリタル星の第二惑星ロドアに時間を掛けて行き、ファラウ宇宙港に降り立った。ここまでの旅でクーシー族の多くがロドアに避難したと聞いており、ここで情報を集めようと僕は考えていた。

ロドアはカーシー族が支配する惑星である。カーシー族というのは、数千年前にクーシー族と分かれて発展した種族だ。外見はクーシー族と同じで、文明レベルも同じだ。宇宙港の近くで情報を集めると、惑星ジルタからの避難民がロドアのダリア島で生活しているという情報を得た。そこでサリオはダリア島に向かう。

タリタル星政府は大量の難民を受け入れたくなかったようだ。ただクーシー族とカーシー族が結《けっ》婚《こん》するという事は珍《めずら》しい事ではないので、ロドアで暮らしている者の中にもクーシー族が居る。その人々が難民の受け入れを政府に要請したらしい。そこで未開発の無人島だったダリア島を、一時的に避難民の居住地として開放した。クーシー族が自分で開拓《かいたく》して生活できるようにしろ、という事である。

クーシー族は戦火を逃《のが》れて避難したので、それほど資金を持っていない。そういう状況《じょうきょう》なので、やっと生活するだけの基盤《きばん》を整備するのが精一杯《せいいっぱい》だった。小さな島に一千万人ほどのクーシー族が暮らすのは大変な事である。僕はダリア島に到着すると家族を探した。ちなみに、僕の家族は両親と兄と妹の五人家族だ。ダリア島には無数とも思われる仮設住宅が建っていた。その小さな住宅でクーシー族の家族が暮らしている。惑星情報ネットで家族の名前を検索したが、ヒットしなかった。そこでダリア島の仮設の役所みたいなところに行って家族の安否を確かめる方法がないか尋ねた。男性職員が対応してくれた。

「オリンサラ州に住んでおられたバラケル御一家でしゅね。独自のリストがありましゅので、検索しましゅ。……分かりました。ソニャさんがダリア島に居《お》られるようでしゅ」

僕は身分証を見せて兄である事を証明し、ソニャの住所を教えてもらった。その住所へ行くと、見覚えのある少女が疲《つか》れたような顔で道をこちらに歩いてくる姿が目に入る。

「ソニャ」

その少女が僕を見て首を傾《かし》げる。

「僕でしゅよ。サリオでしゅ」

ソニャが大きく目を見開いて駆《か》け出した。そして、僕に飛び付くと泣き出した。僕が居なくなってから数年経《た》つが、ソニャは覚えていた。

「サリオ兄……」

泣きやむのを待って事情を聞いてみる。戦争が始まった時、ソニャは学校に居たらしい。ゴブリン族が惑星ジルタを攻撃《こうげき》する中、学校は生徒たちを宇宙港へ送り、惑星ロドアへ避難させたそうだ。そのせいで家族とは離れ離れになったが、ソニャだけは生き残ったという。両親と兄が居た地域は、ゴブリン族の最初の奇襲《きしゅう》で壊滅《かいめつ》状態になったようだ。両親と兄はたぶん死んだのだろう。僕の心にゴブリン族への憎《にく》しみが湧《わ》き起こった。

「サリオ兄、これからどうしゅるの？」

ソニャは孤児院《こじいん》みたいなところで生活している。そこは家族が見付かるまでの一時的な預かり施設で、家族が見付かったら出て行かなければならない。僕は考えた末に一度チラティア星に戻る事を考えた。ゼンと相談して決めようと思ったのである。

「一緒にチラティア星へ行こう。そこには兄さんの友達《ともだち》が居るんだよ」

◆◆◇◇◆◆◇◇◆◆

サリオが魔境惑星ボランから旅立った後も、私はモンスター狩りを続けた。ただ一人になって寂《さび》しくなり、地球を思い出す事が多くなった。

「地球に帰りたいが、地球がどこにあるのか、分からないからな」

太陽系がある位置なんて記憶《きおく》していない。位置が分からなければ帰れない。太陽系の惑星の種類とかで、惑星情報ネットの恒星データを検索するという事もできたが、同じ条件の恒星が数百個も見付かった。地球を探すのを諦《あきら》め、狩りに行くという日々が続いた。その日もシスカ草原で暴走ボアを仕留めて帰って来ると、買取部の責任者であるヴェゼッタから、センター長のところへ行くように言われた。暴走ボアを換金してから、センター長室へ行く。部屋に入ると、ワーキャット族の中年男性がデカい机で仕事をしていた。センター長はワーキャット族の男性でムジーカ・デッセロという名前らしい。

「ゼン・ジングウジです。何かありましたか？」

猫の眼でジッと観察した後、センター長が椅子《いす》に座《すわ》るように言う。

「君の実績を確認《かくにん》しました。その結果、シスカ草原以外でも十分に狩りができると判断しました。ランクFに昇格《しょうかく》です」

ランクが上がったので、ゲストタワーの上の階へ引っ越《こ》す事になった。新しいカードキーを二枚渡された。引っ越しが終わったら、古いカードキーは返す事になる。

「ありがとうございます」

この時は知らなかったが、屠龍猟兵ギルドに登録してから、三ヶ月以内に昇格するのは珍しいらしい。普通は一年ほどシスカ草原で狩りを続け、早い者でも半年ほどはランクGで頑張るという。私が例外的に早かったのだが、それはランクGでは倒すのが難しいと言われている暴走ボアを立て続けに狩って戻ったからだそうだ。ランクGの魔導師というのは、比較的《ひかくてき》小型の昆虫型モンスターを倒すのが精々で、暴走ボアを一撃で倒すなどという事はできないという。

「君の『粒子撃・貫通弾』は異常にゃほど、威力があるようだが、どうしてにゃのかね？」

実績収集バッジが記録した私とモンスターの戦いの映像を見たらしい。

「普通じゃないですか。宇宙でモンスターの相手をしていた時は、これくらいの威力がないと、宇宙クリオネも倒せませんでしたよ」

その時に使っていたのは『粒子撃』だったが、『粒子撃・貫通弾』も同じようなものだろう。

「ほう、君は宇宙モンスターと戦っていたのか。道理で威力のある戦術魔導技を使うはずだ」

それを聞いた私は、意味が分からなかった。センター長に尋ねると、普通は地上でモンスターと戦って腕《うで》を上げたら宇宙に行き、宇宙モンスターと戦うらしい。モンスターは同じ脅威度でも、宇宙モンスターの方が手強《てごわ》いという。但し、龍珠《りゅうじゅ》が取れない宇宙モンスターの死骸は安いので、屠龍猟兵は宇宙クリオネや宇宙クラゲを狩る事を嫌《いや》がるそうだ。苦労する割に収入が少ないからである。

ちなみに、龍珠というのは一定以上の強さを持つモンスターの体内に組み込まれている結晶体《けっしょうたい》である。アウレバス天神族は龍珠を媒体《ばいたい》として特殊《とくしゅ》な能力をモンスターに付与《ふよ》していたようだ。

私はランクFになった。その狩り場は東にある黒い森ベルバか、南東にあるキリマス山岳《さんがく》地帯になる。ベルバの森には、恐竜型《きょうりゅうがた》のモンスターが棲《す》み着いており、キリマス山岳地帯には猿人《えんじん》タイプのモンスターが棲み着いている。

「うーん、倒した獲物をどうやって運ぶんだろう？」

黒い森ベルバとキリマス山岳地帯は、ハントカーが走れるような道はなく、屠龍猟兵たちはホバーバイクで飛び回っているらしい。なので、獲物をどうやって運ぶのか不思議に思った。惑星情報ネットで調べてみると、面白《おもしろ》い事が分かった。多くの屠龍猟兵は、ギルドに所属する輸送担当を呼んで運ばせるらしい。でも、その輸送代が高いようだ。

その他にもう一つの方法があり、それは地球人の私にとっては予想もしないものだった。ベルバの森に棲み着いている脅威度3の暴竜《ぼうりゆう》ベルゴナを倒し、その龍珠を手に入れて加工すれば『異層《いそう》ストレージ』と呼ばれる装置を作れるらしい。異層ストレージは、異次元空間に収納スペースを確保し、品物の出し入れを可能にする装置だ。但し、暴竜ベルゴナ程度の龍珠で作れる異層ストレージは、『異層ボックス』と呼ばれるもので、入れられる容量が縦、横、高さがそれぞれ二十メートルほどの空間と同じだという。もちろん、五百万クレビットの製作費が掛かるが、作製する価値は十分にある。それも暴竜ベルゴナを倒せる実力があればの話だ。

暴竜ベルゴナは、全長十五メートルの巨大な二足歩行の恐竜のような化け物らしい。暴竜ベルゴナの龍珠は胸の中心にあるようなので、そこを破壊しないように仕留める必要がある。全長十五メートルの化け物か。『粒子撃』で倒せるか……いや、『粒子撃』だと爆発で龍珠が壊《こわ》れるかもしれないな。頭の中で考えながらゲストタワーの部屋に戻る。

スマートグラスで惑星情報ネットを検索し、異層ストレージについて調べた。便利なアイテムなので需要《じゆよう》は高く、購入するとなると最低でも数十億のクレビットが必要なようだ。クレビットと日本円の価値が等しいなら、数十億クレビットというのは安すぎる気がする。但し、それは地球の価値観で考えているからだろう。異層ストレージは高価ではあるが、宙域同盟では珍しいものではないのだ。欲《ほ》しいな。私は暴竜ベルゴナを倒して龍珠を手に入れようと考えた。バラバラにして良いなら、倒せると思うけど、それじゃあ龍珠も壊れてしまう。

何か良い方法はないかと惑星情報ネットを調べた。すると、魔導師基本講座というサイトがあり、そこで魔導師の基本となる技術を紹介《しょうかい》していた。その中で『粒子撃』や『粒子撃・貫通弾』も紹介しており、その二つは魔導師三大基本の中の二つだという事が分かった。三大なので残りの一つを調べると、ボソル粒子をチャクラムに似たリング状の刃物《はもの》のような形状にして飛ばすという技《わざ》だった。『粒子撃・円翔刃《えんしようじん》』と呼ばれているようだ。

翌日、私はシスカ草原へ行って、新しい戦術魔導技を試してみた。ボソル粒子をリング状にしたものを高速で飛翔させると飛翔軌道《きどう》が安定しない事が分かった。そこで回転させる事にする。すると、ジャイロ効果なのか分からないが、軌道が安定した。私は何度も何度も練習し、『粒子円翔刃』と呼ぶリング状の輪を正確に飛ばす事ができるコツを掴《つか》んだ。命中精度が上がったので、少しずつ飛翔速度を上げる。まずは音速まで加速する。小型航宙船を加速させるほどのパワーを持つ天震力なので、簡単なものだ。

音速にまで加速した粒子円翔刃は、直径五十センチほどの木を真っ二つに切り倒した。これなら暴竜ベルゴナを切れるか？　いや暴竜ベルゴナは岩のように頑丈だと、惑星情報ネットに書かれていた。試しに直径二メートルほどの岩に向かって粒子円翔刃を放つと、三十センチほど岩を切り裂《さ》いて消えた。ダメか、速度を上げてみよう。粒子円翔刃の飛翔速度を音速の五倍まで上げる。マッハ5で飛んだ粒子円翔刃は、直径二メートルほどの岩を切断し、背後にある岩に食い込んで止まった。

「おっ、いいね。これで音速の十倍まで速度を上げると、どうなるんだ?」

威力としてはマッハ5で十分なのだが、試しに音速の十倍まで上げてみる。先ほどの二倍まで速度が上がった粒子円翔刃が、岩に食い込んだ瞬間に爆発した。ヤバイと思い地面に身を伏《ふ》せて両腕で頭を庇《かば》う。爆風が通り過ぎた後、頭を上げると周囲が酷《ひど》い事になっていた。岩の近くにあった木々がへし折れている。私は溜息《ためいき》を漏《も》らしながら立ち上がった。

「酷い目にあった。マッハ5でやめとくかな」

妥協《だきょう》しようかと思ったが、考え直して実験を続けた。そして、マッハ7なら爆発しない事が判明した。

「攻撃手段は手に入れたが、相手の攻撃を受ける事もあるだろうから、防御も必要だな」

今まで防御を考えていなかったのが、ちょっと怖《こわ》くなった。惑星情報ネットを調べたら、防御方法とかの情報もあると思うのだが、惑星情報ネットは内容が膨大で調べるのに時間が掛かりすぎる。惑星情報ネットだけではない。リカゲル天神族のゾロフィエーヌから与えられた『文明レベルCの一般常識』と『天震力駆動《くどう》工学』も、その一つ一つに膨大な情報が含《ふく》まれており、それを理解するには何年、何十年という時間が必要だろう。

そんな時間を掛ける訳にはいかないのだけどと思い、サリオに相談した事がある。サリオによれば、解決するには『情報支援《しえん》バトラー』というものを購入して使えば良いという話だった。情報支援バトラーという製品には、脳内の膨大な知識や惑星情報ネットの情報を整理し、効率的に調査できるようにする機能があるらしい。ただ情報支援バトラーは医学が発達した星にしかなく、惑星ボランでは購入できない。

魔導師基本講座に何か有益な情報がないかと調べた。すると、魔導師の防御として『粒子装甲《りゅうしそうこう》』という防御方法があると分かった。これはボソル粒子で身体を覆い、天震力で強化する事で強固な防御手段とするというものだ。天震力はボソル粒子の塊《かたまり》を鋼鉄のように頑強にしたり、ゴムのように弾力のあるものにできる。自由度が高いので、『粒子装甲』は種族ごとにデザインや構造を変えるのだという。

中には自分独自の粒子装甲を考案する魔導師も居るらしい。魔導師基本講座には詳《くわ》しい事までは記載《きさい》されていなかったので、ネットで探して『ヒューマン用標準型粒子装甲』というものを見付け、それを参考に自分用の粒子装甲を構築する事にした。この標準型粒子装甲というのは、パワードスーツとは違う。筋力をアシストする機能がない高性能な鎧というものである。

ゲストタワーの自分の部屋で、ネットから仕入れた情報を基《もと》に粒子装甲を構築する。まず全身をボソル粒子で包み、天震力を使って最初に頑強にする部分を加工する。ボソル粒子は天震力を継手《つぎて》として結合する事ができる。その組み方により硬《かた》くも柔《やわ》らかくもなる。今回は硬く頑丈になるように組み上げる。次に関節部分を、頑丈だが弾力があるように加工する。重さはあまり感じないが、動き難《にく》かった。それで時間を掛けて調整する。

満足できる粒子装甲が完成したのは、三日後だった。それから粒子装甲を意識せずに維持する訓練を行い、三時間ほど維持できるようになった。その日、粒子装甲が使えるか、試しに狩りに行く事にした。屠龍猟兵ギルドへ寄ってギルドに所属する輸送担当を呼ぶ通信端末を借りてから、黒い森ベルバへ向かう。ベルバは巨木の森だった。樫《かし》の木に似ている巨木が密集しており、その木の下は薄暗《うすぐら》い場所となっている。屠龍猟兵たちは、ホバーバイクを使って木の上を飛んで狩り場に直行し、狙った獲物を狩るという。

その巨木の下には三メートルもある巨大なキノコや大きなシダ類が生《お》い茂《しげ》っており、モンスターの餌《えさ》となっているようだ。この森の獲物は多く、暴竜ベルゴナ以外にも恐竜型のモンスターが居る。今回は森の外縁部に棲み着いてる独角《どっかく》サウルスを狩ろうと思っている。

独角サウルスは頭にある角で体当たりするように攻撃してくるらしい。そして、屠龍猟兵が狙っている部位は、その角だそうだ。その角は薬の材料となる貴重なもので、屠龍猟兵ギルドで換金しても百二十万クレビットになるという。森の入り口で粒子装甲を着装した。まだ違和《いわ》感があるが、ちょっとずつ調整していけば身体にぴったりの粒子装甲になるはずだ。この粒子装甲は透明《とうめい》なものなので、基本的には見えない。但し、ボソル感応力を持つ者が見ると、黄色の光を纏《まと》っているように見える。

狙っていたのは独角サウルスだったのだが、遭遇したのは爪撃《そうげき》ラプトルと呼ばれる体長百五十センチほどの素早《すばや》い動きをする恐竜型モンスターだった。二足歩行で鶏《にわとり》のように動く爪撃ラプトルは、鋭《するど》い爪《つめ》を持っていた。カミソリのような切れ味を持つ爪は、屠龍猟兵にとって脅威らしい。とはいえ、全身を粒子装甲で防御しているので、脅威になるとは思っていない。ただ数が多いと厄介である。その時も五匹《ひき》の爪撃ラプトルに囲まれてしまった。

爪撃ラプトルは胸の前に鋭い爪を構え、素早く私の周囲を回っている。こいつらは集団で狩りをするのが得意らしい。一匹が飛び掛かってきて爪を私の胸に突《つ》き立てようとした。それが粒子装甲に当たって弾かれる。粒子装甲の防御力がどれほどのものなのか、実際には分からない。

惑星情報ネットで調べた標準型の粒子装甲は、脅威度3の惑星モンスターの通常攻撃までなら受け止められると書かれていた。但し、同じ脅威度3でも宇宙モンスターの攻撃はダメらしい。惑星上に棲み着いているモンスターより、宇宙モンスターの方が強力だという事だ。

爪撃ラプトルや独角サウルスは、脅威度1の惑星モンスターなので、その攻撃は粒子装甲で受け止められる。四方を囲まれた私は、粒子貫通弾を爪撃ラプトルに向けて放った。一撃で爪撃ラプトルの胸を貫通した粒子貫通弾は、背後の木の幹に命中して穴を開けた。そいつが倒れた隙間《すきま》から逃げ出すと、残り四匹が追ってくる。

「しつこいな」

粒子装甲が有効だったので、割と余裕《よゆう》を持って戦えた。逃げながら追ってくる爪撃ラプトルに粒子貫通弾を放ち、一匹ずつ仕留める。最後の一匹を倒した時、へとへとになっていた。ゴブリン族の宇宙船でオーク型ロボットを相手に鍛《きた》えたけど、そんな程度じゃ老化による衰《おとろ》えは誤魔化《ごまか》せない。身体を鍛えようかな。爪撃ラプトルから爪を剥《は》ぎ取った。この爪は特殊電池で使う触媒《しょくばい》に使われるらしい。これを換金すると二万クレビットくらいになるようだ。ちなみに、爪撃ラプトルの肉や皮はあまり価値がない。特に肉は不味《まず》いそうだ。爪を回収するのに少し時間が掛かった。終わった後に、また黒い森ベルバの外縁を歩き始める。すると、目的の独角サウルスと遭遇した。

間近で見る独角サウルスは大きかった。体長は五メートルほどで、体高が二メートルほどもある。その巨体がこちらに向かって走ってくるのだ。宇宙での戦いではかなり離れた距離で戦っていたので、それほど恐怖を感じなかった。だが、数メートルという距離までモンスターが近付くと恐怖で身体が震《ふる》えそうになる。その恐怖を抑えて粒子貫通弾を放った。その粒子貫通弾が僅《わず》かに逸《そ》れ、独角サウルスの背中に傷を付けただけで飛び去る。突っ込んできた独角サウルスの角が粒子装甲を撥《は》ね上げ、私の身体を宙に飛ばす。空中で一回転してから地面に落下した。

「ぐふっ」

粒子装甲の御蔭《おかげ》で骨折とかはないようだが、かなり痛かった。慌てて立ち上がり、独角サウルスに視線を向ける。方向転換した独角サウルスがまた体当たりしようとしている。今度は独角サウルスにしっかりと狙いを付けてから粒子貫通弾を放つ。粒子貫通弾は独角サウルスの肩に命中し、体内を貫通して致命傷を与えた。膝《ひざ》からガクリと倒れた独角サウルスが地面に横たわり動かなくなった。ホッとして近付き、独角サウルスの生死を確かめる。

死んでいる事を確かめてから、その角を切り取った。切り取りに使った道具は、エレベーター街の店で購入した高速振動《しんどう》ナイフである。この独角サウルスの肉も不味いので持ち帰る価値はない。回収した角はズシリと重い。

「この重さだと、角二本を運ぶのは無理だな」

私は早々に帰る事にした。その時、森の奥から凄まじい音が響き渡った。

「何だ？」

森の奥へ視線を向ける。すると、また大木がへし折れるような音が聞こえた。

「これって、ヤバイ？」

逃げようかと思ったが、この騒《さわ》ぎの原因を知りたいという好奇心《こうきしん》が湧いた。粒子装甲に十分な防御力があると確かめられたので、少し強気になっていたのかもしれない。粒子装甲を維持したまま音がした方向に進んだ。森の奥へと進むと何者かが戦っている気配を感じる。その方向へ近付くと、二匹の巨大な竜が睨《にら》み合っていた。

それは暴竜ベルゴナだった。全長が十五メートルほどもある巨大な二足歩行の恐竜である。暴竜ベルゴナは竜であるが、ドラゴンではなかった。ドラゴンは口からブレスを吐《は》き出す種族という定義があり、暴竜ベルゴナはブレスを吐き出さない。少し大きな方の暴竜ベルゴナが、もう一方の暴竜の周りをスキップ、いやスキップしようとして失敗した時のような歩き方で回っている。回っている暴竜ベルゴナは、何かを訴《うった》えるように吠《ほ》えている。こういう光景を以前にも見た覚えがある。

「あ、これは鳥の求愛行動に似ているんだ」

その時、ドガッという凄まじい音が響いた。メスだと思われる暴竜ベルゴナが尻尾《しっぽ》を振《ふ》り回し、相手を一撃して倒したのだ。そして、その頭をメス暴竜ベルゴナが踏《ふ》み付ける。倒れている暴竜ベルゴナが小さい声で鳴いた。それを聞いたメス暴竜ベルゴナがプイッと横を向き、足をどける。オスを気に入らなかった暴竜ベルゴナは去り、残った暴竜ベルゴナがよろよろと起き上がろうとしている。それを見てチャンスだと思った。オス暴竜ベルゴナが放心状態だったからだ。ただこの状態の暴竜ベルゴナを倒すのは、同じ男として問題ないかと一瞬だけ思った。だが、相手はモンスターなのだ。

私は『粒子撃・円翔刃』の一撃に賭《か》ける事にした。パワー導管の制御門は開放レベルTになっている。その状態で集められるボソル粒子と天震力で粒子円翔刃を撃ち出した。音速の七倍で飛翔した粒子円翔刃は、大気を切り裂き暴竜ベルゴナへと飛んだ。それに気付いた暴竜ベルゴナが前足を振って粒子円翔刃を叩き落とそうとする。そのせいで首を刎《は》ねるはずだった粒子円翔刃が、片手を切り落としただけで飛び去った。

「あっ」

失敗したと分かり、思わず声を上げてしまう。暴竜ベルゴナの顔が歪《ゆが》み、こちらに向けられた目には苦痛と怒《いか》りが浮かんでいる。咆哮《ほうこう》しながらドカドカと音を響かせて迫ってくる。びびって怯《ひる》みそうになる心を落ち着け、もう一度粒子円翔刃を放つ。その攻撃が暴竜ベルゴナの腰を切り裂いた。だが、致命傷ではなく暴竜ベルゴナが襲い掛かってきて私の腹を蹴飛《けと》ばした。

「ぐふっ……」

粒子装甲で威力のほとんどを吸収したのだが、僅かに身体まで届いた衝撃で内臓が破裂《はれつ》するかと思うほどの激痛が身体を駆け抜ける。地面を転がった私は、死ぬかもしれないという恐怖で必死に起き上がった。

暴竜ベルゴナも苦しそうに息をしている。そして、腰から大量の血が噴《ふ》き出て地面を濡《ぬ》らしていた。それでもよろよろと近付いてくる。次で仕留めないと死ぬと思った。慎重《しんちょう》に狙いを付けて粒子円翔刃を放ち、それが暴竜ベルゴナの首を刎ねる。宙を飛んだ首が地面に落ちると、巨大な暴竜ベルゴナが横倒しになった。

「やった！」

体中が震えるような喜びが湧き起こる。そして、思い出したように苦痛が襲い掛かった。本当ならもっと訓練してから、倒すつもりだった暴竜ベルゴナを倒せたのは幸運だった。少し時間が経って冷静になると、もう少しで死んだかもしれないと思い身体が震え出す。恐怖が湧き起こると同時に、今までにない充実感《じゅうじつかん》を味わった。

「ゾロフィエーヌにもらった『高次元アクセス法』が、使えるようになった時、自分が特別な存在になったと感じたけど、勘違《かんちが》いだったな」

手負いの暴竜ベルゴナも一撃で仕留められなかった自分の力量を実感した。それ以降、自身に対する評価を厳しくするようになった。暴竜ベルゴナの胸にある龍珠を取り出したかったが、自分の技術では無理そうだ。仕方ないので、ギルドの通信端末で輸送担当を呼ぶ。

三十分ほどすると、上空にホバーバイクが現れた。木の枝に引っ掛からないように気を付けながら着陸する。その頃《ころ》には苦痛もだいぶ治まっていた。

「ギルドの輸送担当の方ですか？」

「そうです。ジェゼロと申します」

ジェゼロはワーキャット族である。猫を人型にしたような種族で、平均身長百五十センチほどと小柄《こがら》な種族だ。

「こいつを運んで欲しい」

ジェゼロが暴竜ベルゴナの死骸を見て驚いた。

「ゼンは、ランクFににゃったばかりだと聞いています。本当に自分で倒したのですか？」

ランクFになった早々に暴竜ベルゴナという大物を倒したので、ジェゼロはびっくりしたようだ。

「暴竜同士の争い？　があってダメージを受けていたが、トドメを刺したのは私だよ」

「にゃるほど、そういう事ですか」

「あの暴竜ベルゴナをどうやって運ぶんです？」

ジェゼロは腕に嵌《は》めているブレスレット型の装置を見せた。

「これは異層ボックスの一種である異層ブレスレットです。これを使って暴竜ベルゴナを運びます」

ジェゼロは暴竜ベルゴナに近付き、異層ブレスレットを嵌めている手を向ける。すると、暴竜ベルゴナの死骸が消えた。切り離した頭の部分も一緒に異層ブレスレットに収納されたようだ。

「凄いですね」

「暴竜ベルゴナを倒したのですから、その龍珠を使って異層ボックスを作れますよ」

異層ボックスは形によって『異層ブレスレット』や『異層ペンダント』と呼び分けられているようだ。

「暴竜ベルゴナの死骸は解体してよろしいのですね？」

「はい、お願いします」

「それじゃあ、僕は先に帰ります」

ジェゼロはホバーバイクに乗って去って行った。

「ホバーバイクも欲しいな」

ジェゼロを見送りながら呟《つぶや》いた。それから屠龍猟兵ギルドの買取部へ向かう。到着した頃には、暴竜ベルゴナの死骸は解体されており、ヴェゼッタからどうするか質問された。

「龍珠は異層ボックスにします。皮の一部は加工して防具を作りたいんですけど」

「それにゃら、ギルドから工房《こうぼう》に依頼《いらい》しましょうか？」

「お願いします」

異層ボックスはペンダント型にするように依頼し、暴竜ベルゴナの皮でベルゴナアーマーセットと呼ばれる防護装備を作る事にした。そのセットはアーマージャケットとレザーパンツ、コンバットブーツの三点セットになっており、アーマージャケットをボルドーと呼ばれる暗めのワイン色、レザーパンツとブーツを黒に染めてもらう。異層ボックスの製作費を含めると、全部の加工費用が五百五十万クレビットになった。暴竜ベルゴナの残りの素材を売った代金が、六百万クレビットほどになったので、差額の五十万クレビットほどを受け取った。

屠龍猟兵ギルドを出る時、独角サウルスの角も回収した事を思い出した。暴竜ベルゴナと戦っている間に紛失《ふんしつ》したようだ。思わず溜息が漏れる。

「でも、異層ペンダントが出来れば、こういう事もなくなるはず」

そう思って自分を慰《なぐさ》めた。

その翌日、屠龍猟兵ギルドへ行くと、良い報《しら》せが待っていた。幸運にも暴竜ベルゴナを倒した事で、ランクEの屠龍猟兵に昇格したのだ。ランクFの屠龍猟兵が脅威度3のモンスターを倒した場合、ランクEに昇格させるというルールがあるのだそうだ。

まだ宙域市民権がないので星間金融《きんゆう》口座は作っていないが、惑星ボランの銀行に地方口座を作って使っている。その口座には四千二百万クレビットが貯まっていた。八光径荷電《かでん》粒子砲《ほう》を換金した残りと狩りで稼いだ金額を合わせたものである。

私は黒い森ベルバで狩りを続けながら、ペンダント型異層ボックスと防具が出来上がるのを待つ。その日も独角サウルス二匹を仕留めて帰った。二本の角を屠龍猟兵ギルドで換金すると、二百四十万クレビットになった。それを地方口座に入金してから、ギルドの装備カウンターに向かう。この装備カウンターでは屠龍猟兵の装備品などの購入や整備を行う事ができる。

「頼《たの》んだものは出来ていますか？」

カウンターで接客をしている接客ロボットに尋ねる。

「ベルゴナアーマーセットと、異層ペンダントは出来ております」

猫耳タイプの接客ロボットがベルゴナアーマーセットと異層ペンダントを持ってきてカウンターに並べた。異層空間収納機能を持つ異層ペンダントにはセキュリティ機能があり、使用者を設定すると他の者は使えないようになる。異層ペンダントを首に掛け、その中にベルゴナアーマーセットを収納する。アーマーセットは一人前の屠龍猟兵なら所有しているものだ。私が中二病に罹《かか》って注文した訳ではない。但し、暴竜ベルゴナの革《かわ》を使ったアーマーセットを持っている者は少ないだろう。

そして、それを収納した異層ペンダントのペンダントトップは、長さが五センチほどのラグビーボールのような形をしており、収納容量は縦・横・高さがそれぞれ十九メートルの空間と同じになったという。龍珠の質で若干《じゃっかん》容量が変わるらしい。ちなみに、異層ペンダントの容量が小さいと言われているのは、本格的な異層ストレージだと小型航宙船を入れられるほど大きな容量を持っているからだ。

狩りのためにホバーバイクも購入した。小型のホバーバイクで馬力だけは大きく、時速三百キロほどの速度が出る。ホバーバイクも異層ペンダントに収納し、ゲストタワーの部屋に戻った。

『はあっ、疲れた』

こういう時の独り言は日本語になる。現在の狩り場にしている黒い森ベルバは二つの区画に分かれており、第一区が脅威度1と2、第二区が脅威度2と3のモンスターが棲息する場所となっている。そして、私が狩りをしているのは第一区と第二区の境目辺りになる。

惑星ボランには狩り場が八つ存在するが、その中で西・北西・南西の狩り場は、ランクによる制限が行われている。この制限区画へ狩りに行けるのは、北西がランクC以上、南西がランクB以上、西がランクA以上となっている。制限区画になっている北西の狩り場が気になったので、惑星情報ネットで調べる事にした。スマートグラスを装着すると、言葉で検索を指示する。膨大な量の情報

がヒットするので、それに条件を追加して絞り込んで目的の情報を手に入れた。

北西の狩り場であるギルダ峡谷《きょうこく》は、広大な峡谷地帯になっている。そこは蜘蛛型を中心とするモンスターが棲息しており、その頂点は脅威度４の母王《ぼおう》スパイダーだという。この母王スパイダーは全長二十メートルの巨大蜘蛛で、口から強烈《きょうれつ》な酸を出すらしい。そして、不確かな情報だが、ギルダ峡谷の奥には天神族が残した秘宝が眠《ねむ》っているという。この情報は噂《うわさ》程度のものなので、信憑性《しんぴょうせい》に欠ける。ちなみにランクＣになるには、暴竜ベルゴナを五匹仕留めるのが早道だと言われている。

◆◆◇◇◆◆◇◇◆◆

サリオが旅立ってから五ヶ月が経過した。その頃にはベルバだけではなく、南東のキリマス山岳地帯にも狩りに行くようになった。その間はずっと戦術魔導技の技術を磨《みが》いたので、『粒子撃』『粒子撃・貫通弾』『粒子撃・円翔刃』は約一秒で発動できるほどになっている。現在、狩りをしているキリマス山岳地帯の奥には凶暴《きょうぼう》な猿《さる》が棲み着いている。その中でも全長五メートルもある狂乱《きょうらん》コングは、怪力《かいりき》で知られていた。

「うあっ！」

その日、運が悪く狂乱コングに捕《と》らえられてしまった。その巨大な右手で胴体《どうたい》を掴まれ、巨木に向かって放《ほう》り投げられる。くるくる回転しながら飛んで背中から巨木の幹に衝突《しょうとつ》し、巨木を大きく揺《ゆ》らしてドサリと地面に落ちた。

「ううっ、痛い。もの凄く痛い」

こういう時は、自分は何をやっているんだと考えてしまう。粒子装甲があるので死なななかったが、なかったら死んでいただろう。狂乱コングの方を見るとドスドスと足音を立てながら迫ってくる。その狂乱コングを狙って粒子円翔刃を飛ばす。身体から溢《あふ》れ出たボソル粒子をリング状に形成した粒子円翔刃は、マッハ7で飛翔すると狂乱コングの首を刎ねた。首を失った肉体が地響きを立てて倒れる。私は止めていた息を吐き出す。

「危なかった。若い時なら、こんなドジは踏まなかったのだけど。長命化処置を本気で考えるかな」

寿命《じゅみょう》を三百歳《さい》にまで延ばす長命化処置なら、二十億クレビットである。頑張れば届かない金額でもなかった。狂乱コングの頭を回収し、額のところにある直径二センチほどの龍珠を回収する。この緑色をした龍珠は、制御脳の部品となるらしく、ギルドで換金すると五千万クレビットになる。今回の狂乱コングで三匹目になるので、合計一億五千万クレビットが口座に入金される事になる。

命懸《いのちが》けだが、モンスター狩りをする生活というのは楽しい。この狩りは一種のギャンブルだからだ。命を賭け金としてモンスターを倒すと、大金が手に入る事もある。その時は脳内でドーパミンという快楽物質が大量に作られ放出される。すると、気持ち良いワクワク感や多幸感などが得られる。ギャンブル依存症《いぞんしょう》のような状態なのだが、狩りをしていると怪我《けが》や死にそうになる事もあり、それがストッパーになって慎重に行動するようにもなる。

ちなみに、二度ほど怪我をして入院している。その時に粗悪品《そあくひん》だと指摘《してき》された『抗体免疫《こうたいめんえき》ナノマシン』と『体内調整ナノマシン』は、標準タイプと呼ばれているものに交換した。二つで千二百万クレビットだ。高すぎると思ったが、標準タイプではなく高性能なものにすると億単位のクレビットになるらしい。

狂乱コングの死骸は、龍珠しか価値がないので残りは放置する。この山岳地帯に棲む野生動物や昆虫の食欲は旺盛《おうせい》で、これくらいの死骸なら三日ほどで食べ尽《つ》くしてしまう。ホバーバイクに乗って屠龍猟兵ギルドの支部へ行くと、買取カウンターで龍珠を換金した。すると、センター長に呼ばれた。買取カウンターの情報がセンター長に伝わって呼ばれたようだ。部屋へ行くとデッセロセンター長が待っていた。

「おめでとう。今日から君はランクDだ」

ランクEになってから半年ほどでランクDである。標準からすれば早すぎるのだが、立て続けに狂乱コングを倒したのが認められたのだろう。

「ありがとうございます。でも、こんなに早くていいんですか？」

「早すぎると儂《わし》も思う。もっと経験を積むべきだと思うのだが、君は規格外にゃのだよ」

「規格外とはどういう事です？」

「君は『粒子撃』『粒子撃・貫通弾』『粒子撃・円翔刃』だけで、脅威度3のモンスターを何匹も倒している。本来にゃらあり得にゃいのだよ」

「なぜです？　十分に威力のある三大基本技なら、脅威度3までのモンスターを倒せる、と聞いています」

「平均的にゃ魔導師が、三大基本技で倒せるのは脅威度1の独角サウルスくらいまでにゃのだ。それ以上のモンスターを倒す場合は、基本ではにゃくもっと高度にゃ戦術魔導技を学ぶのだよ」

もっと高度な戦術魔導技というのには興味があった。ただ平均的な魔導師が三大基本技で脅威度1のモンスターまでしか倒せないというのは、天震力の制御に問題があるからだろう。私はリカゲル天神族のゾロフィエーヌから天震力制御の基本を授《さず》けられている。その点が平均的な魔導師と違うのだ。

「たぶん天震力制御を鍛錬《たんれん》すれば、威力も変わるのだと思います。それよりランクDという事は、宙域市民権をもらえるのですか?」

デッセロセンター長が頷いた。

「もちろんだ。すぐに手続きをする」

二時間ほど待つ事になったが、その日のうちに宙域市民権を手に入れた。これにより宙域同盟の正式な市民となり、星間金融口座を作れるようになった。もちろん、すぐに星間金融口座を作り、地方口座にある残額を新しい口座に移した。

宙域同盟の正式な市民となった事により、星間金融口座を作れる事になっただけでなく、土地や建物を購入できるようになった。そこでエレベーター街の郊外《こうがい》にある小さな倉庫を買った。本当はレンタルにしたかったが、レンタルだと倉庫内で自由に作業する事ができないようなのだ。その倉庫に遷時空跳躍フィールド発生装置とルオンドライブ、それに整備ロボットを移した。整備ロボットを再起動し、中断していた遷時空跳躍フィールド発生装置の修理を再開させる。

これまで遷時空跳躍フィールド発生装置を修理できなかったのは、足りない部品や修理に必要な装置がなかった事が原因だった。だが、倉庫を購入してからは部品や装置を購入したり、レンタルして遷時空跳躍フィールド発生装置を完璧《かんぺき》に修理した。

「これが六千億クレビットか」

遷時空跳躍フィールド発生装置は、飲食店の厨房《ちゅうぼう》によくある四枚扉《とびら》の業務用冷蔵庫を一回り大きくしたほどの大きさで、中は複雑な構造になっている。仕組みは全く分からないが、整備ロボットの報告によれば完璧に直ったそうだ。専門家にチェックしてもらわないと実際には使えないが、取り敢《あ》えず遷時空跳躍フィールド発生装置とルオンドライブを異層ペンダントの中に収納した。

狂乱コングを確実に仕留められるようになったので、狩り場を黒い森ベルバに戻した。狙いは暴竜ベルゴナである。暴竜ベルゴナを後四匹倒してランクCに昇格しようと考えているのだ。ちなみに、ランクCの屠龍猟兵は割と大勢居るという。屠龍猟兵のランクは『G』から『S』まで存在する。但し、非公式ではあるが『SS』と『SSS』があるという噂だ。

ランクCまでは時間を掛けて努力すれば、昇格できる者が多い。だが、ランクCからランクBへの昇格は格段に難しくなるそうだ。ランクDになると『一人前』という評価になり、もう一つ上のランクCになると宇宙に出て宇宙のモンスターを狩るようになるという。私が短期間にランクDになれたのは、やはりゾロフィエーヌから与えられた『高次元アクセス法』の御蔭らしい。簡単にボソル粒子と天震力を手に入れられるので、戦術魔導技の上達が異常に早い。

暴竜ベルゴナ狩りを始めた日、私は黒い森ベルバの上空をホバーバイクで飛んでいた。もちろん、免許は取っているので無免許運転ではない。太陽に照らされたベルバの木は、あまり光を反射しないせいか黒く見える。それらの木々の上をゆっくりと飛んでいると、地面を覆い隠《かく》すように広がる葉っぱの間から、赤銅色《しゃくどういろ》をした巨大な生物が動いたのが見えた。木々の間を縫《ぬ》うように着地させたホバーバイクを異層ペンダントに収納すると、粒子装甲を着装する。今では粒子装甲を着装したまま五時間ほど活動できるようになっていた。

巨大なシダ類やツワブキに似た下草が生えている地面を調べると、暴竜ベルゴナのものらしい新しい足跡《あしあと》を見付けた。それを追って進む。すると、前方に存在する巨大な生物の気配に気付いた。足音を殺して近付き、巨木の陰《かげ》から顔だけ出して覗《のぞ》く。

暴竜ベルゴナが独角サウルスを仕留めて食べているところだった。鋭い牙がずらりと並んだ口を開け、ゾッとするほどのパワーで独角サウルスの肉を噛《か》み千切る。周りに血の臭《にお》いが漂《ただよ》い始めた。気付かれていない今こそチャンスだと判断し、暴竜ベルゴナの首を狙って粒子円翔刃を飛ばす。その瞬間、自分の身体から天震力が漏れ出るのが分かった。天震力を完全に制御できていないのだ。

暴竜ベルゴナも天震力に気付いたようで独角サウルスの肉から口を離す。それによって狙いが少しズレた。粒子円翔刃は暴竜ベルゴナの腹を切り裂いた。その腹から真っ赤な血が噴き出すと同時に、耳を圧する咆哮が周囲に響き渡る。追撃の粒子円翔刃を撃ち出そうとした時、ベルゴナが突進してきた。そして、粒子装甲で覆われた身体が鞭《むち》のような尻尾で叩かれ、弾き飛ばされる。巨木の枝をへし折りながら飛ばされ、地面に叩き付けられてバウンド。

倒れている私に向かってドスドスと足音を響かせながら近付く暴竜ベルゴナに気付き、急いで立ち上がると粒子円翔刃を撃ち出す。狙いは逸れたが粒子円翔刃は暴竜ベルゴナの肩を切り裂いた。暴竜ベルゴナが血を噴き出しながら麻痺《まひ》ガスを口から吐き出す。

「まずい」

私は必死で後退して麻痺ガスを避ける。粒子装甲があるので、ガスマスクを着けられない。だから粒子装甲を解除する気にはなれない。走り回って麻痺ガスを回避《かいひ》した私は、暴竜ベルゴナの足に向かって粒子円翔刃を放つ。足への攻撃は暴竜ベルゴナも予想していなかったようだ。あたふたする暴竜ベルゴナの右足を粒子円翔刃が切断した。地響きを立てて倒れた暴竜ベルゴナの頭に、粒子貫通弾を撃つ。直径が百二十センチもありそうな頭に八センチほどの穴が開いた。人間なら即死《そくし》間違いなしだが、暴竜ベルゴナは死なずに暴れた。そこで三連発の粒子貫通弾を巨大な頭に撃ち込んで仕留めた。

「ふうっ、やっぱり暴竜ベルゴナは手強い。だけど、仕留められたという事は、私の実力も一人前に達したという事かな」

返事をしてくれる相手が居ないのは寂しい。サリオの事を考えていると何かが近付いてくる気配を感じ、倒れている暴竜ベルゴナの死骸を異層ペンダントに収納した。

「チェッ、モンスターじゃなく人間じゃねえか」

現れたのは同じ屠龍猟兵のようだ。但し、ワータイガー族と呼ばれる虎《とら》人間の種族である。このワータイガー族は粗暴《そぼう》で問題をよく起こす事が知られており、近付かない方が無難だろう。

「あんた、暴竜ベルゴナを見なかったか？」

「見た。だが、もう居ない」

そのワータイガー族がギラギラする目をこちらに向ける。

「強そうには見えないが、あんたが倒したのか。見掛けによらないんだな」

余計なお世話だ。歳《とし》のせいで顔にシワやたるみがあり、弱そうに見えるらしい。御蔭で偶《たま》に見下される事がある。本気で長命化処置を受けようかな。

「私の狩りは終わったので、失礼する」

「屠龍猟兵らしくないな。あんた、名前は？」

「ランクDのゼンだ。君は？」

「俺《おれ》はランクCのゼデッガーだ」

ゼデッガーの身長は二メートルほどで、体重が百二十キロはありそうだ。顔が虎そっくりなので迫力《はくりょく》がある。ゼデッガーと別れた私は、屠龍猟兵ギルドに行って暴竜ベルゴナの解体とブレスレット型の異層ボックスを製作依頼した。ちなみに、龍珠以外は換金したので異層ブレスレットの製作費を差し引いた百五十万クレビットが口座に入金された。

私が二つ目の異層ボックスを作るのは、最初のものは遷時空跳躍フィールド発生装置とルオンドライブ、それに使用していない整備ロボットを保管するために使用しているからだ。倒した獲物を収納するため、専用のものがもう一つ欲しかったのである。容量だけを考えても、一緒に入れられるのは暴竜ベルゴナがギリギリだった。

ランクCになるためには、後三匹の暴竜ベルゴナを狩るのが近道なのだが、二匹目を仕留めた後は遭遇しなくなった。黒い森ベルバは北海道を二倍にしたほどの広さがあるので、暴竜ベルゴナを見付けるのも大変なのだ。


それから半年が経過した。その間に倒した暴竜ベルゴナの数は二匹、もう一匹狩ればランクCになる。この半年の間に、北東の狩り場であるネルヴィア湿原《しつげん》で巨大な蛙《かえる》タイプの両生類モンスターを狩ったり、北の狩り場であるガリュード砂漠《さばく》で巨大蛇《へび》モンスターを狩ったりもした。

◆◆◇◇◆◆◇◇◆◆

「センター長、ゼデッガーがまた騒ぎを起こしたらしいです」

デッセロセンター長は顔をしかめた。そして、報告に来た部下のルジクに鋭い視線を向ける。

「今度は何をしたのかね？」

「黒獣《こくじゅう》ウルファドを閉じ込めていた封鎖《ふうさ》装置の一つを破壊したのです」

黒獣ウルファドというのは、脅威度4のモンスターだ。この黒獣ウルファドは、全身が黒い剛毛《ごうもう》で覆われている巨大狼《おおかみ》タイプのモンスターである。屠龍猟兵の平均より四倍ほど素早いという身体能力を持っており、厄介なモンスターとして知られていた。

「黒獣が逃げ出していにゃいだろうね？」

「今、それをチェックしています」

黒獣ウルファドの管理封鎖地区は、黒い森ベルバの奥にあった。逃げたとすれば、ベルバの森をさまよっている事になる。デッセロセンター長は、黒い森ベルバで狩りをしている屠龍猟兵たちに警告を出すように指示した。

「それでゼデッガーはどうやって封鎖装置を破壊したのかね？」

「暴竜ベルゴナを管理封鎖地区の柵《さく》まで追い詰め、ミサイルで仕留めようとしたのですが、外れて封鎖装置を壊したそうです」

「ゼデッガーは、二ヶ月間狩り場の使用を禁じる」

これは普通の職場なら、自宅謹慎《きんしん》二ヶ月に相当する。それほど重い処分ではないが、ランクの昇格審査《しんさ》の時に大きく影響《えいきょう》する。

「ベルバで活動しているのは、何人ほどだ？」

「およそ二百五十人ほどでしょう」

「必ず生存を確認しにゃさい。いいですね」

「分かりました」

◆◆◇◇◆◆◇◇◆◆

あたしはミクストキャット族のレギナ・タボット。二十三歳の女性屠龍猟兵である。ランクDだが、屠龍猟兵としての経験は五年ある。ちなみに、ミクストキャット族というのはワーキャット族とヒューマン族が遺伝子工学を使って子供を作った事で生み出された種族と言われている。外見はほとんどヒューマン族だが、頭の上に猫の耳とワーキャット族並みの運動神経を持つ。

今日は仲間と一緒に黒い森ベルバで狩りをしている。その時、屠龍猟兵ギルドの育成センターで支給された実績収集バッジから警告音が鳴り、黒獣ウルファドが管理封鎖地区から逃げたかもしれないという警告が聞こえてきた。

「レギナ、黒獣ウルファドというと、脅威度4のモンスターだろ？」

仲間のギメルが確認した。ギメルはヒューマン族の男でランクEの屠龍猟兵である。そのギメルの仲間であるフォリスとマキシが不安そうな顔をしている。

この三人が元々のチームで、あたしは新たに加わった新加入者だった。但し、あたしの方が屠龍猟兵の経験が長いのでリーダー的な役割を担《にな》っている。

「そうね。ここは育成センターに従って、狩り場から戻った方がいいかもしれない」

「冗談《じょうだん》言うな。ここまでベルゴナを追い詰めたんだぞ。戻るのなら、狩ってからでいいだろ」

ギメルが狩りを優先させようと言い張った。先ほどまで不安な顔をしていたフォリスとマキシがギメルに賛同する。暴竜ベルゴナを諦めたくないようだ。あたしは迷ったが、暴竜ベルゴナを倒して手に入る龍珠の価値を考え、狩りを続ける事にした。

あたしの戦闘《せんとう》スタイルは、射程が短く強力な武器を持ってモンスターに近付いて戦う『前衛戦闘士』と呼ばれるタイプである。一方、ギメルたちは、追尾《ついび》機能がある超小型ミサイル弾を放つ『ホーミングライフル』などの武器を装備して少し離れた地点からモンスターを狙撃《そげき》する『狙撃手』というタイプだ。しかし、前衛戦闘士タイプが一人で狙撃手タイプが三人というのは、酷くバランスが悪かった。少なくとももう一人の前衛戦闘士タイプが必要だ。地面を調べて東の方を指差す。

「ベルゴナは向こうに行ったようね」

あたしたちは慎重に東へと進んだ。その結果、暴竜ベルゴナではなく黒獣ウルファドに遭遇する事になった。体長が五メートルほどもあるウルファドが岩陰からのそりと姿を現した時、心臓が口から飛び出しそうになるほど驚くと同時に恐怖した。

「う、嘘《うそ》だろ」

ギメルが呟く声が聞こえた。絶望的な状況だ。このままでは全滅すると判断したあたしは、ギメルたちに逃げるように指示する。

「あんたたちは逃げな。あたしが時間稼ぎをする」

ギメルたちはじりじりと後退すると、一気に後方へ走り出した。ウルファドが後を追おうとしたので、手に構えているランスドライバーを突き出してスイッチを押す。長い柄《え》に内蔵されている電磁カタパルトが起動し、長柄の先端に仕込まれている超硬合金《ちようこうごうきんせい》製スピアヘッドが高速で撃ち出され、ウルファドを貫《つらぬ》こうとする。それに気付いたウルファドが後ろに跳び退《の》いた。反応が早すぎる。あたしは唇《くちびる》を噛み締《し》めてウルファドを睨む。

「目がいい上に、反応も早い。厄介だわね」

　あたしはギメルたちを逃がすために残ったが、ここで死ぬつもりはなかった。あたしの武器であるランスドライバーは自動的に元の状態に戻る。それに二秒ほどの時間が掛かるのが欠点だ。ウルファドがあたしを睨み付けて唸《うな》り声を上げる。その声を聞いただけで心の中に恐怖が湧き起こり、慌てて跳び退きたくなった。そうすれば、ランスドライバーの間合いから外れる事になる。恐怖を押し殺してウルファドを睨み返す。ウルファドが踏み込んで鋭く凶悪な前足の爪で薙《な》ぎ払《はら》う。あたしはランスドライバーの柄で受けたが、怪力に押されて弾き飛ばされた。

　地面を転がったあたしは、反射的に起きると跳び退いた。そこにウルファドの牙がガチッと噛み合う音が響く。もう少しで頭を噛み砕《くだ》かれるところだった。ウルファドが追撃してきたので、ランスドライバーを突き出してスイッチを入れる。ウルファドは胴体を捻《ひね》ってスピアヘッドを躱《かわ》し、そのままこちらに体当たりしてきた。あたしは防御用装備として狂乱コングの革と超剛ワイヤーを組み合わせた鎧を使っている。ウルファドに体当たりされたが、その鎧の御蔭で骨は折れなかった。ただ全身に多数の打ち身と擦《す》り傷が出来た。

「冗談じゃない。あたしはこんなところで死なない」

　あたしはウルファドを睨みながら立ち上がろうとした。だが、足に力が入らない。藻掻《もが》きながら少しずつ後退するが、ウルファドがのそりと前に出た。

「……死ぬなんて嫌。誰《だれ》か……」

　そう思った時、遠くから声が聞こえてきた。それは低い声で何か獲物を追っているようだった。

「待て待て、逃げるなぁ！」

その声が聞こえた直後、森の中から暴竜ベルゴナが跳び出してきた。そして、あたしとウルファドの間を通り過ぎて逃げて行く。それを追って一人の男が姿を現した。そして、暴竜ベルゴナに向かって戦術魔導技を放つ。あたしは弱いボソル感応力を持っているので、天震力が使われた事は分かった。凄い速度で飛んだ何かが暴竜ベルゴナの首を切り落とした。

「そんな……あたしたちが仕留められなかったベルゴナを……」

その時、初めて男があたしに気付いた。

「お嬢《じょう》さん、怪我をしたのですか？」

何でウルファドに気付かない。あたしはウルファドを指差した。その男はゆっくりと巨大な狼の方へ目を向ける。気付くのが遅《おそ》すぎる。ウルファドは凶悪な爪で男を薙ぎ払った。男は悲鳴を上げながら宙を飛んだ。そして、少し離れた場所にある巨木の幹に叩き付けられて落下した。死んだと思った。

◆◆◇◇◆◆◇◇◆◆

「痛っ……背骨がゴキッと鳴ったぞ」

私は巨大な狼を睨んだ。

「こんなデカイのに、なぜ気付かなかった？」

おおよその見当は付く。暴竜ベルゴナを追うのに夢中になっていた事と、全身を覆っている粒子装甲が邪魔《じゃま》して気配を分からなくしているのだ。粒子装甲はまだまだ改良の余地がある。背中に手を当てながら立ち上がると、黒い巨大な狼がゆっくりと近付いてきた。たぶんトドメを刺そうと考えているのだろう。大きな前足が振り上げられ、こちらに向かって振られる。

相打ち覚悟《かくご》で粒子弾を巨大狼に撃ち込んだ。低い位置から斜《なな》め上に発射された粒子弾は、前足より一瞬早く巨大狼の後ろ足に命中して爆発した。その爆風で私も吹《ふ》き飛ばされる。地面を転がってから起き上がった。巨大狼は後ろ足から血を流しているが、致命傷ではない。但し、非常にラッキーな事に、後ろ足の一本を引き摺《ず》っている。

このモンスターの一番の武器は素早い動きだったからだ。そのダメージで素早く動く事ができなくなり、倒しやすくなった。それでも飛び掛かって来ようとしたので、粒子貫通弾を黒い頭に向かって撃った。頬《ほほ》から首に向かって粒子貫通弾が貫き、巨大狼が地面を転がりながら暴れる。

「早く仕留めないとダメだ。そいつは高い再生能力を持っている」

先ほどの女性屠龍猟兵らしいが、言葉遣《ことばづか》いが男のようだ。でも、貴重なアドバイスなのでトドメを刺す事にした。巨大狼の首を狙って粒子円翔刃を放つ。回転しながらマッハ7で飛翔した粒子円翔刃が、黒い毛に覆われた太い首を切り裂こうとした。巨大狼は引き摺っている足以外の三本で横に跳んで躱す。その粒子円翔刃は背後の巨木を二本ほど切り倒して消えた。

巨大狼は上手く着地ができずに転がる。そして、起き上がるとこちらに襲い掛かってきた。高い再生能力を持つという事なので、長期戦は不利だ。無理をしてでも一気に倒そうと考えた。迫ってくる巨大狼を見詰《みつ》めながら、その頭に向かって右手を伸ばす。ギリギリまで待って粒子円翔刃を撃ち出した。さすがにこの距離だと避けられない。巨大狼の頭が縦に真っ二つになった。但し、その巨体が私の上に覆《おお》い被《かぶ》さる。

「ぐうえっ」

粒子装甲があるから大丈夫だと計算したのだが、斜め上から体当たりを食《く》らった上に地面に叩き付けられ、バウンドしてから地面を転がった。涙が出そうになるほどの痛みが全身に走った。ダメージを食らったが、粒子装甲が私の命を守ってくれたようだ。粒子装甲の改良は本気で取り組もうと心に誓《ちか》う。巨大狼の頭が真っ二つになるのを見た女性が、目を丸くして見ている。

「何で、こんな馬鹿《ばか》げた威力があるんだ？」

その女性屠龍猟兵が何か言っているが、気にしない事にした。使っている戦術魔導技に威力があるというのは、基本的に良い事だからだ。私は痛みを堪《こら》えて立ち上がり、暴竜ベルゴナと巨大狼を異層ボックスに仕舞《しま》った。その後、女性屠龍猟兵のところへ行って具合を確かめる。順番が違うだろという者も居るだろうが、死んだモンスターの死骸は他のモンスターを引き寄せるので、最初に処理するべきなのだ。

「私はランクＤのゼンだ。怪我は大丈夫なのか？」

立ち上がった女性は、身長百七十五センチほどで鍛えられた肉体と美貌《びぼう》の持ち主だった。さらに耳が猫耳だった事が印象に残った。地球で見たらコスプレだと思っただろうが、ここだと違和感がないな。それに美人だ。トップモデル級だぞ。

「あたしはランクＤのレギナ・タボット、打ち身だけだから大丈夫よ。助けてくれてありがとう」

何だかぶっきら棒な言い方だが、感謝の気持ちは込められていた。私は巨大狼が何か質問した。すると、実績収集バッジからの警告を聞いていないのか、と逆に質問された。

「自作の粒子装甲のせいで、警告が聞こえなかったようだ」

「改良した方がいいようね」

溜息を吐いてから頷き、それから警告の内容を聞き出した。

「そういう事か。ところで街に戻れそう？」

そう言った時、レギナが顔をしかめた。

「どうかした？」

「あたしのホバーバイクは、少し遠くに置いてあるのよ」

「だったら、私のホバーバイクで送ってあげるよ」

異層ボックスからホバーバイクを出し、二人乗りでレギナがホバーバイクを置いた場所まで飛んで行った。後ろに美女を乗せて空を飛ぶなど初めての経験だ。年甲斐《としがい》もなく、ちょっとドキドキする。ホバーバイクを回収してから街へ向かう。途中で病院に寄って本格的な治療《ちりょう》を受けた。そして、屠龍猟兵ギルドへ行くと、すぐにセンター長のところに呼び出された。レギナも一緒である。センター長の部屋に入ると、勧められてソファーに座った。

「実績収集バッジからの報告で知ったのだが、黒獣ウルファドを倒したそうだね？」

「ええ、運悪く遭遇して戦う事になりました」

デッセロセンター長が溜息を漏らした。

「しかし、ランクDで黒獣ウルファドを倒せるとは……ここに来る前は、何をしていたのかね？」

「兵士でした」

センター長が納得したというように頷いた。厳しい訓練を受けた兵士だから、黒獣ウルファドを倒せたのだと思ったようだ。実際はゴブリン族に短期間訓練されただけである。私が黒獣ウルファドを倒せたのは、大量の天震力を制御できる知識を与えてくれたゾロフィエーヌの御蔭だろう。

「実績収集バッジからの報告により、五匹目の暴竜ベルゴナを倒した事も分かっている。君はランクCに昇格だ」

「ありがとうございます。これでギルダ峡谷へ行ける」

「ん、もしかして天神族が残したという秘宝を探そうと思っているのか？」

「ええ、まだ誰も見付けていないんですよね？」

センター長が頷いた。

「そうだが、本当にあるかどうかさえ分からないぞ」

本当はないのかもしれないが、秘宝探しに挑戦《ちようせん》したい。残念な結果になったとしても、経験として残るから無駄ではないだろう。

「センター長、あたしが呼ばれたのはなぜです？」

レギナが質問した。

「ああ、ギメルという屠龍猟兵から、ギルドの警告を聞かずに狩りを続行し、ウルファドと遭遇して君が死んだという報告が出されたので、状況を確認しようと思ったのだ」

それを聞いたレギナは両目を吊《つ》り上げて怒りの表情を浮かべた。

「あいつら……自分たちで狩りを続けると言い出したのに」

私はレギナに視線を向ける。

「そんな連中とは、縁《えん》を切った方がいいんじゃないか」

「そうする」

センター長との話が終わり、私は屠龍猟兵カードを更新《こうしん》して正式にランクCとなった。それから買取部へ行って暴竜ベルゴナと黒獣ウルファドの解体と買取を依頼する。暴竜ベルゴナは異層ボックスの中核《ちゅうかく》部品となる龍珠と皮が高く、全部で二十一億クレビットほどになった。一方、黒獣ウルファドは青い龍珠をもっており、ルオンドライブの部品となるので十三億クレビットに換金された。ここ半年の間に暴竜ベルゴナ三匹、黒獣ウルファド一匹を換金したので、星間金融口座には七十八億クレビットが入っている。一生遊んで暮らせる金額だが、星間航宙船を購入しようと考えているので全然足りない。

惑星間航宙船と星間航宙船は、船体の構造から違うので値段が全く違う。それに加えて遷時空跳躍フィールド発生装置やルオンドライブが必要なので、価格が跳ね上がる。但し、遷時空跳躍フィールド発生装置を搭載せず、跳躍リングの使用料を払って星間航行するというのなら安い星間航宙船が完成する。目標は遷時空跳躍フィールド発生装置を搭載していない星間航宙船を購入し、異層ボックスに仕舞ってある遷時空跳躍フィールド発生装置を取り付ける事である。

惑星情報ネットで中古航宙船の値段を調べてみたが、恒星間貿易ができるほど大きな星間航宙船は数百億クレビットである。そして、屠龍猟兵として使うような戦闘艦も小型の中古で数百億クレビットもする。そして、私が買えるくらいの中古船は、どこかの金持ちが道楽で建造した小型の星間航宙船で、かなり古くなったものだ。ただこういうタイプの航宙船は、数人の乗客を星から星に運ぶだけで他は何もできない。屠龍猟兵の仕事で危険な宙域へ行ったら、すぐに壊れてしまいそうだ。希望としては屠龍猟兵の仕事でも使えるように戦闘艦が良いのだが、それが買えるような資金を貯めるには今までの調子だと十年以上掛かりそうだ。

次の日、屠龍猟兵ギルドへ行って専用端末で中古船の売り物を調べた。この専用端末で調べると、屠龍猟兵ギルドが独自に調べた情報も出てくるので、思いがけない掘《ほ》り出し物を見付ける事があるらしい。だが、中古船の掘り出し物はなかった。ただ文明レベルDの国で建造された屠龍猟兵用戦闘艦があったが、七百六十億クレビットという値段だった。

「こんなの高すぎて買えない」

「何が買えないんだ？」

後ろから声がしたので振り向くと、レギナが立っていた。

「ああ、航宙船だよ」

「チラティア星を離れるつもり？」

「ランクCになったからな。これ以上のランクアップを考えると宇宙で戦うしかない」

屠龍猟兵のランクを『B』に上げるには、脅威度4以上のモンスターを何匹も倒さねばならない。惑星上に脅威度4以上のモンスターというのは少ないので、必然的に宇宙で戦う事になる。

「なるほど、それで航宙船を探しているのか。しかし、戦闘艦となると中古でも数百億クレビットは必要なんじゃないか？」

「そうなんだ。これほど高いと貯めた金で買えそうにない」

「それで天神族が残した秘宝を、探そうとしているんだな」

「正解。それしか方法がなさそうなんだ」

「でも、ギルダ峡谷には母王スパイダーが居る。黒獣ウルファドより強いと言われているぞ」

今回の黒獣ウルファドに関しては、偶然《ぐうぜん》にも最初に足にダメージを与えてスピードを殺す事ができた。もし黒獣ウルファドが足にダメージを負っていなかったら、中々攻撃を当てられずに仕留められなかっただろう。もしかすると返り討ちに遭《あ》い、こちらが死んでいたかもしれない。粒子装甲はあるが、それだけで防御が完全無欠だとは言えないからだ。

「母王スパイダーか。どんなモンスターなんだろう」

これから調べようと思っていたので、まだ詳しい事は知らなかった。

「調べた事があるから、教えようか？」

レギナの情報によると、体長が二十メートルもある巨大蜘蛛らしい。そして、厄介なのは尋常《じんじょう》じゃないほど外殻《がいかく》が硬いという点だ。

「戦術魔導技の三つの基本技では、母王スパイダーを倒せないと聞いている」

「私の『粒子撃・円翔刃』は、普通のものより威力が高いのだが、それでも倒せないのだろうか？」

レギナが首を振る。こんな事を言ったらレギナが怒《おこ》りそうだが、頭の上にある三角の耳がピコピコと動いて可愛い。

「何を見ている？」

レギナが冷たい視線をこちらに向ける。

「いや何でもない。それより威力が高くてもダメなのか？」

「その威力にもよる。少なくとも五倍ほど威力が高くないと通用しないだろう」

私の『粒子撃・円翔刃』は五倍も威力が高いだろうか？　冷静に考えるとそこまで威力が高くなさそうだ。そうすると別の戦術魔導技を覚えなければならない。

私はレギナと別れてゲストタワーの自室に戻った。現在ランクCになったので六十階の部屋に住んでいる。このゲストタワーはピラミッド型になっており、上の階になるほど部屋数が少なくなっている。但し、一部屋の広さは広くなっており、最初の部屋に比べると八倍くらいは広い。高価そうなソファーに座った私は、スマートグラスを取り出して装着した。短縮言語で戦術魔導技について検索する。

三基本技以外の戦術魔導技を調べると、魔導師たちはそれぞれが流派を作って開発しているようだ。そして、この惑星ボランにも二つの流派がある。流派という古めかしい言葉を聞くと、テクノロジーが進んだ世界には不釣《ふつ》り合いに思える。だが、この惑星でもポメオル流とガヌフェス流に分かれて戦術魔導技の技術を競《きそ》い合っているという。

その二つの流派が三基本技の次に習うのが五等級魔導技と呼ばれている。これは数多くの種類があり、天震力を強力な電磁波に換《か》えて攻撃する技術が数多く開発されていた。ちなみに、電磁波というと電波を連想するが、光や赤外線も電磁波である。その中の代表的な技術が天震力をレーザー光に変えて攻撃する技だ。通常光は何か遮《さえぎ》るものがない限り四方八方に光を放射し、波長がバラバラで位相もバラバラである。それに比べてレーザー光は指向性があって一方方向に直進し、波長や位相が揃っている。ちなみに光の位相というのは、光の波が山と谷になるタイミングの事でレーザー光は同時に波の頂点や底になるのだ。

「ネットで調べられるのは、そこまでだな」

どうやって天震力をレーザー光に変換するのかは、その流派の秘密になっているので惑星情報ネット上には情報が存在しない。別な方法を考えないとダメか。考え続けて閃《ひらめ》いた。他の魔導師が使う戦術魔導技を見れば、何か分かるかもしれないというアイデアが浮かんだのだ。以前に、屠龍猟兵ギルドのサイトでチームの臨時メンバーを募集《ぼしゅう》しているのを見た事がある。臨時メンバーになれば、他の魔導師の戦術魔導技を見る機会があるだろう。

4.

新戦術魔導技と母王スパイダー

その臨時メンバーに応募《おうぼ》するためには、能力リストと顔写真データを合わせた応募データを送らなければならないのだが、尽《ことごと》くデータ審査《しんさ》で落とされた。なぜなのかと疑問に思い、同じ屠龍猟兵《とりゅうりょうへい》であるレギナに確かめた。屠龍猟兵ギルドのロビーで会ったレギナに応募データを見せると、レギナが苦笑いする。

「これだと落とされるな」

「どうして？」

「能力とランクが釣《つ》り合わないので、怪《あや》しい人物だと思われる」

私が首を傾《かし》げる。それを見たレギナが説明してくれた。

「ランクCの魔導師《まどうし》なのに、使える戦術《せんじゅつ》魔導技《まどうぎ》が三基本技だけというのは、怪しすぎるんだ」

「事実なのに」

「それに顔も、変に老《ふ》けている」

私の顔は五十代後半の男として普通《ふつう》だと思うが、宇宙《うちゅう》では違《ちが》うようだ。ほとんどの種族が長命化しているので、五十代だと青年のままだという。

「やはり長命化処置を受けた方がいいのかな？」

「できれば、そうした方がいい。しかし、すぐには無理だろうから、参加できそうなチームを紹介《しょうかい》しようか？」

「そんなチームがあるのか？」

「あたしがメンバーになったチームなんだが、魔導師を募集しているんだ」

「でも、データ審査で弾《はじ》かれるんじゃないか？」

「それはあたしが説明するよ。とにかく実力を見てもらう」

「そのチームには、魔導師が居る？」

レギナが頷《うなず》いた。

「ええ、ワーキャット族の魔導師が一人居る。確か初導級《しょどうきゅう》グレード3だったはず」

初導級というのは魔導師の等級付けで、『初導級』『地仙級《ちせんきゅう》』『天賢級《てんけんきゅう》』『神成級《しんせいきゅう》』という順番で等級が上がる。それぞれの等級はグレード1～3に分かれており、『1』が初級、『2』が中級、『3』が上級になる。

ちなみに三基本技しか使えない私は、初導級グレード1だと判断される。

「その魔導師の屠龍猟兵のランクは？」

「彼女《かのじょ》のランクは『D』だ」

初導級グレード3だと屠龍猟兵のランクは『D』くらいになるのが普通のようだ。私のように初導級グレード1なのに屠龍猟兵のランクが『C』というのは異常なのである。

レギナにチームを紹介してもらった。御蔭《おかげ》で初めてデータ審査が通り、実力を示すチャンスをもらう。まず魔導師としての実力を示すために練習場で三基本技の威力《いりょく》を示す事になった。レギナと一緒《いっしょ》に魔導練習場の前へ行くと、三人の屠龍猟兵が待っていた。それぞれを紹介してもらう。元々のチームは三人で、リーダーで狙撃手《そげきしゅ》タイプのワーキャット族アーロン、魔導師でワーキャット族のパウラ、前衛戦闘士《せんとうし》タイプでヒューマン族のロランドだと分かった。ワーキャット族のアーロンとパウラは、小柄《こがら》でシャム猫《ねこ》に似た顔をしている。ヒューマン族のロランドは普通の人間？　地球人と同じなのだが、身長百九十センチほどでプロレスラーのように逞《たくま》しい体格をしていた。

「おじさん、本当に三基本技だけしかできにゃいの？」

魔導師のパウラの質問を聞いた私は、ド直球の質問だなと思った。

「そうです。魔導師になってからまだ日が浅いんですよ」

「ふーん、天震力《てんしんりょく》が扱《あつか》えるようににゃってから、どれくらいにゃの？」

パウラが尋《たず》ねた。ちなみに、天震力が扱えるようになって三基本技を習得するまで、一年ほど掛《か》かるのが普通だった。それから使い熟《こな》せるようになって、次の戦術魔導技を習うのが二年経過した頃《ころ》だという。

「まだ一年半くらいですね」

パウラが頷いた。

「それくらいだったら、まだ三基本技だけというのは納得《なっとく》だけど……おじさんみたいにゃ歳《とし》ににゃってから、魔導師ににゃるにゃんて不思議ね」

レギナが笑った。

「ゼンは、見掛《みか》けは老けて見えるけど、実際は五十代なんだぞ」

「へー、もしかして長命化処置を受けていにゃいの？」

「そうなんです」

私が肯定《こうてい》すると、パウラが納得したようだ。宙域同盟の市民はほとんどが遺伝子操作を行い、生まれた時から長命化している。ワーキャット族やヒューマン族はもちろん長命化しているので、人生三百年が普通らしい。

「事情は分かったが、初導級グレード1なのに屠龍猟兵ランクが『C』というのは、納得できんな」

ロランドがまだ納得していないと言う。

「私の戦術魔導技は、独学で覚えたものなので威力が高いんですよ」

「俺《おれ》に対して敬語は不要だ。その代わりに年上だからと言って、俺も敬語は使わんぞ」

「了解《りょうかい》した」

魔導練習場へ入ると、中は東京ドームほどの広さがあった。直径五メートルほどの標的はゴムのような材質で出来ており、弓道で使う霞的《かすみまと》と呼ばれる的のような模様が描《えが》かれている。霞的というのは幅《はば》が違う円が三重に描かれている的の事だ。弓道を少しだけ齧《かじ》った事があるので知っている。

「魔導練習場というのは、こういう風になっているんだな」

それを聞いたパウラが笑う。

「初めてにゃの。だったら、私が手本を見せてあげる」

そう言うといくつかある的の中から一つを選び、三十メートルほど離《はな》れて粒子弾《りゅうしだん》を放った。標的の中央に命中すると爆発《ばくはつ》し、直径五十センチほどが陥没《かんぼつ》してクレーターのようになる。

「こんにゃ感じよ」

「分かった」

標的の陥没した部分が元に戻《もど》り始めた。そして、五秒ほどで元通りとなる。さすがハイテクだと思いながらナユタ界と繋《つな》がっているパワー導管の制御門《せいぎょ》を開放レベルTだけ開ける。すると、天震力とボソル粒子《りゅうし》が身体《からだ》の中に流れ込《こ》んできた。それらを使って粒子弾を放つ。粒子弾が音速の三倍ほどの速度で飛んで、命中した瞬間《しゅんかん》に爆発した。空気がない宇宙空間では、音速の八倍ほどまで加速させたが、大気中では三倍までに抑《おさ》えている。

三十メートルほど離れていれば、爆風も問題ないかと思っていた。だが、こちらに押《お》し寄せた爆風で吹《ふ》き飛ばされそうになる。私は爆風が来るかもしれないと考えていたので、何とか耐《た》えられた。だが、他のメンバーは爆風で吹き飛ばされ、地面を転がる。他にも魔導練習場を使っていた者が居たのだが、彼《かれ》らも大きな爆発に驚《おどろ》いていた。最初にリーダーのアーロンが起き上がった。

「ゼン、三基本技じゃにゃい戦術魔導技を使うにゃら、そう言ってくれ」

「いや、今のは『粒子撃《りゅうしげき》』ですけど」

それを聞いたアーロンたちが唖然《あぜん》とする。

「嘘《うそ》だろ。パウラが使った『粒子撃』と全然違うじゃねえか」

「だから、私が使う三基本技は、威力が高いと言ったじゃないですか」

「信じられない。あれが本物の『粒子撃』だとしたら、パウラの『粒子撃』がショボすぎる」

ロランドが余計な事を言いながら疑問を口にした。パウラがガクリと膝《ひざ》を突《つ》く。

「私の『粒子撃』は、ショボいの？」

「いや、普通だと思うぞ。ゼンの『粒子撃』が異常なだけだ」

レギナが言うと、パウラが納得して立ち直った。

「ゼンが使う三基本技の威力が、桁違《けたちが》いに高いというのは理解したけど、どうして高いのだと思う？」

パウラが質問してきた。

「たぶん天震力を効率良く使っているからだと思う」

「そうにゃんだ。独学だと言っていたけど、どうやって三基本技を覚えたの？」

「主にネットの情報と、自分で試行錯誤《さくご》したんですよ。それに宇宙でモンスターと戦っていたんで、あれくらいの威力がないとダメだった」

パウラは目を輝《かがや》かせた。

「宇宙か、どんにゃモンスターと戦ったの？」

「主に宇宙クラゲかな。ただ凄《すご》いモンスターと遭遇《そうぐう》した事があるよ」

「へえー、何というモンスター？」

「脅威度《きょういど》8の装甲砲撃《そうこうほうげき》イソギンだ」

それを聞いたパウラたちが静かになった。

「まさか、戦ったんじゃないだろうな？」

ロランドが質問した。

「あんなモンスターと戦える訳がないよ。見ただけです。その装甲砲撃イソギンは、オーク艦隊《かんたい》と戦っていて、軍艦をおもちゃのように破壊《はかい》していた」

「宇宙に出るとそういうモンスターとも遭遇するんだろうにゃ。ちょっと不安ににゃった」

そうアーロンが言った。彼らも宇宙に出る事を考えているようだ。

「ねえねえ、粒子貫通弾《りゅうしかんつうだん》と粒子円翔刃《えんしようじん》も見せてよ」

パウラがお願いするので頷いた。

「次は粒子貫通弾にしよう」

的の中央を狙《ねら》って粒子貫通弾を放った。厚さが一メートルほどある的を粒子貫通弾が貫通して背後の壁《かべ》に命中し、ドゴッという音を響《ひび》かせる。

「うわっ、的を貫通させるにゃんて、初めて見た」

アーロンが声を上げた。少なくとも粒子貫通弾で的を貫通させる魔導師は居ないそうだ。最後に粒子円翔刃を披露《ひろう》すると、的がもう少しで真っ二つになるところだった。

「ゼンの三基本技は、どれも規格外だ」

レギナが呆《あき》れたように言う。それに他の三人が同意するように頷いた。

「天震力を少しくらい増やしても、ここまで威力は上がらにゃいと思うけど、この目で見たからには信じるしかにゃいだろう。合格です。今日から臨時メンバーとして参加してください」

リーダーであるアーロンの言葉を聞いてホッとした。それからチームが何を狙っているのかという話になった。アーロンのチームは、北のガリュード砂漠《さばく》に棲息《せいそく》している紅角《こうかく》スネークを狩《か》るつもりのようだ。紅角スネークというのは全長二十メートルほどの大蛇《だいじゃ》で、その額には紅色の角がある。その角から熱線ビームみたいなものを出すという。また『フレイムホーン』と呼ばれる紅色の角は、三千万クレビットで売れるそうだ。

「ゼンは、ガリュード砂漠で狩りをした事があるのですか？」

アーロンが尋ねた。

「あるけど、紅角スネークを狩った経験はない」

それを聞いたロランドが頷いた。

「そうか、紅角スネーク狩りはやった事がないのか。心配するな。俺たちもないから」

逆にそれは心配なのだけど、まあいいか。それよりパウラの『粒子撃』には驚いた。私の『粒子撃』に比べて使われている天震力の燃費が悪いのだ。使用している天震力の量は私より多いくらいである。だが、粒子弾の加速に使われるのは僅《わず》かで、ほとんどは無駄《むだ》にばら撒《ま》かれる感じだった。そのせいで粒子弾の飛翔速度は、音速の二倍くらいにしか達していないようだ。自分のやり方と何が違うのか考えたが分からない。天震力や意識フィールド、ナユタ界などの基礎的《きそてき》な物事への理解度が低いので分析《ぶんせき》できないのだろうと推測した。

自分の精神の中には、天神族のゾロフィエーヌから与《あた》えられた知識があるのだが、それを理解していないので活用できない。知っているという事と理解しているという事は違うのだと実感する。仲間になったパウラから、戦術魔導技の基礎について教えてもらった。パウラはポメオル流魔導術という流派に属しているそうだ。流派独自の技法は教えられないが、基礎的な事は教えてくれた。

普通の魔導師がナユタ界から天震力とボソル粒子を手に入れる方法は、パワー導管だという。但《ただ》し、私が使っているパワー導管ほど太く頑丈《がんじょう》ではないようだ。私が使うパワー導管がステンレス製の大口径水道管のようなものなら、普通の魔導師が使うパワー導管はプラスチック製のストローのようなものだった。それに制御門が付いていないパワー導管なので、天震力やボソル粒子の流れ込む量を調整できないそうだ。

量の調整はパワー導管の数を増やす事で行うらしい。私は普通の魔導師が使っているパワー導管を『ストロー型パワー導管』と呼ぶ事にした。そのストロー型パワー導管一本は、私のパワー導管を三パーセントだけ開けた場合に流れ込んでくる天震力の量と同じか少し多いくらいだった。つまり制御門を開放レベルTで開けた場合が、ストロー型パワー導管一本分に相当するようなのだ。但し、実際に使う場合の効率が違うので、戦術魔導技の威力は違ってくる。

パウラから魔導師の基礎を学んで、普通の魔導師と天神族のやり方の違いが整理できた。そして、戦術魔導技の次のステップが『五等級魔導技』と呼ばれるものだと知った。五等級魔導技というのは天震力を他の力に変換《へんかん》して様々な事を行う技術である。その中で比較的《ひかくてき》簡単に習得できるのが電磁波を利用するものだという。

パウラのポメオル流は、基本技の次に習う五等級魔導技が『赤豪《せきごう》レーザー』だ。この情報は惑星《わくせい》情報ネットで調べた時に知った。赤豪レーザーは天震力を超《ちょう》高温の赤外線に変換して攻撃《こうげき》として使う技術なので、使い勝手が良いそうだ。ちなみに、パウラは赤豪レーザーを得意としている。地球のレーザー兵器は出力が低く金属を融《と》かして穴を開けるというような事はできないが、この赤豪レーザーは違う。命中したら瞬時に頑丈な金属をどろどろに融かして穴を開けるだけの威力を持っていた。

アーロンたちと話をした数日後、北のガリュード砂漠へ向かった。アーロンたちのチームは『オニキス』と呼ばれている。そのオニキスが所有する六輪装甲車《そうこうしゃ》に乗って移動する。この装甲車はキャンピングカーのような機能も付いており、五人が乗れるスペースがあった。

「へえー、こんな乗り物を買えるほど、稼《かせ》いでいるんだ」

レギナが車内を見回しながら言った。それを聞いたアーロンが苦笑《くしょう》する。

「これは屠龍猟兵ギルドが、競売に出したのを買ったんですよ」

中古品だから安かったという。それでも三千万クレビットくらいはしたようだ。


二日ほどでガリュード砂漠に到着《とうちゃく》した。広大な砂漠が存在しており、そこには凶悪《きょうあく》な大蛇型モンスターが棲《す》み着いている。中でも凶悪なのが紅角スネークで、その熱線ビームが命中すれば人間など枯《か》れ枝のように燃え上がってしまうという。粒子装甲《りゅうしそうこう》は耐えられるだろうか？　試《ため》して大丈夫《だいじょうぶ》なら安心感を得られるが、ダメだった場合は死んでしまう。実戦では試せない。

「紅角スネークは、どの辺に居るんだろう？」

その言葉を聞いたレギナが教えてくれた。

「あのモンスターは、風鳴き谷に居るそうよ」

風鳴き谷は、砂漠の入り口から北西に二百キロほど行ったところにある。我々は六輪装甲車に乗って風鳴き谷へ向かった。

六輪装甲車の中でモニターに映る外の景色を監視《かんし》していた。この砂漠ではモンスターが砂に潜《もぐ》っていたり、カムフラージュして姿を隠《かく》しながら近付き、いきなり襲《おそ》い掛かってくる事があるのだ。パウラは私が左腕《ひだりうで》に付けている異層《いそう》ブレスレットに注目した。

「それは異層ボックス？」

頷いてよく見えるように袖《そで》をまくった。

「暴竜《ぼうりゅう》ベルゴナの龍珠《りゅうじゅ》で作った異層ボックスです」

「いいにゃあ。アーロン、次はベルゴナを狩りに行こうよ」

「ベルゴナを倒《たお》せるのか？」

「ゼンが居るじゃにゃい」

「ダメだ。他人に頼《たよ》っているようでは、ベルゴナの龍珠は手に入れられにゃいぞ」

チームでは倒したモンスターから得たアイテムや金銭をメンバーで等分する決まりになっている。パウラ個人が龍珠を手に入れるには、チームで五匹《ひき》のベルゴナを倒す必要があった。そんな話をしていた時、運転しているロランドが六輪装甲車を急停止させる。

「どうした？」

アーロンがロランドに尋ねた。

「猛毒《もうどく》サーペントだ。前方で待ち構えている」

パウラが立ち上がって、装甲車の屋根に行くハシゴを登り始めた。私とアーロンも続く。空調が効いた車内は快適だったが、外は乾《かわ》いた熱風が吹いていた。反射的に粒子装甲を着装。現在の粒子装甲は物理防御《ぼうぎょ》だけでなく、外の熱気や冷気を遮断《しゃだん》する機能も組み込んでいた。それは惑星情報ネットで粒子装甲について調べた時に見付けた情報を応用したものだ。但し、呼吸する外気の温度は調節していないので、熱い外気が肺の中に入ってくる。パウラは装甲車の上に立ち、五十メートルほど先でとぐろを巻いている猛毒サーペントを睨《にら》み付けると粒子円翔刃を放った。猛毒サーペントは全長十二メートルほどで、胴体《どうたい》の幅が六十センチくらいありそうだ。

音速の三倍ほどの速さで飛翔した粒子円翔刃が、猛毒サーペントの胴体に命中して皮を切り裂《さ》き、強靭《きょうじん》な筋肉に二十センチほど食い込んでから消えた。

「ムッ、蛇《へび》のくせに硬《かた》い」

パウラが不満そうに言う。

「私が攻撃しようか？」

「次で仕留めるから、大丈夫」

パウラが言っている間に、猛毒サーペントが動き出していた。鎌首《かまくび》をもたげて血を流しながら這《は》い寄ってくる。集中しているパウラの身体から天震力が溢《あふ》れ出るのを感じる。そして、猛毒サーペントに向かって手を伸《の》ばした瞬間、その手の先から赤いレーザー光線のようなものが発射された。本物のレーザー光は目に見えないはずなので、本物のレーザー光ではないのかもしれないが、私の目にはレーザー光線に見えた。

赤豪レーザーの照射時間は二秒ほどと短かったが、超高熱の光が猛毒サーペントの胴体を輪切りにするように照射され、その箇所《かしょ》が炭化して燃え上がる。猛毒サーペントは息絶えて砂漠に横たわった。

「どう凄いでしょ」

パウラが自慢《じまん》そうに胸を張る。皆《みな》が笑って同意した。それから猛毒サーペントの皮を剥《は》ぎ取り、私の異層ブレスレットに収納する。

「この肉は持ち帰らないのかい？」

私が皮を剥ぎ取った後の肉を見下ろしながら尋ねると、アーロンが答えてくれた。

「猛毒サーペントの肉には、毒があるので食べられにゃいそうです」

残った肉は捨てていく事になった。そうして砂漠の奥《おく》へと向かうと、三時間ほど進んだところで小さな岩山が見えてきた。

「あそこで野営しよう」

アーロンが暗くなる前に野営の場所を決めた。地球のキャンプのようなものを予想していたが、全然違った。六輪装甲車には豊富な電力があるので、焚《た》き火をする必要もなければ、その火で料理する必要もない。普通に電化製品が使えるのだ。食事は装甲車にある調理マシンで解凍《かいとう》した冷凍食品を食べる。宙域同盟で売られている冷凍食品は、はっきり言って美味《おい》しくない。保存食チューブに比べれば全然マシなのだが、才能がない素人《しろうと》が作った料理のようだ。

「どうして販売《はんばい》されている冷凍食品は、不味《まず》いのだろう？」

私の疑問に、レギナが答えてくれた。

「それは汎用《はんよう》食だからよ」

「汎用食？」

「様々な種族が食べられるように、調整された料理という事よ。食べられる種族の数を増やすために、味を犠牲《ぎせい》にしている」

その種族専用の専用食というのもあるようだが、この惑星ボランはワーキャット族の星なので、専用食はワーキャット族用のものしかないという。食事が終わって寝《ね》る時間になると、自動探知センサーをセットする。これはモンスターが近付けば、警告を発する装置である。そして、男は就寝《しゅうしん》カプセルを取り出す。女は装甲車の中で寝て、男は外に出した就寝カプセルで寝るというのが、このチームのやり方のようだ。

就寝カプセルは、シングルベッドより一回り小さな紡錘形《ぼうすいけい》のカプセルである。風や雨を防ぎ、気温調節も行う野外用寝具《しんぐ》だ。これは全天候型の製品で、洪水《こうずい》に流されても大丈夫というコマーシャルを見た事があった。一晩寝てみて就寝カプセルの寝心地《ねごこち》も悪くないと思った。ただ閉所恐怖症《へいしょきょうふしょう》の人には無理なものだ。

「今日は風鳴き谷まで行って、紅角スネークを探す」

アーロンが今日の予定を告げた。

「見付かるでしょうか？」

私が尋ねると、アーロンがニヤッと笑って頷いた。

「今回はゼンが居るから、見付かると思う」

「どういう意味です？」

「紅角スネークは天震力に敏感《びんかん》にゃんです。チームに魔導師が多いと集まってくるという噂《うわさ》ですよ」

アーロンたちが魔導師である私をメンバーに入れたのは、そういう意味もあったようだ。オニキスチームは、風鳴き谷へ向かって移動し、日が高いうちに到着した。それから昼食をとって一休みしてから探索《たんさく》を始める。風鳴き谷はいくつかの岩山が集まっている場所の中央にあり、地面は砂で覆《おお》われている。そして、乾いた風が吹くと『ヒュルヒュル』と音が鳴る。それが風鳴き谷と呼ばれる由来のようだ。谷に来て分かったが、ここの砂は柔《やわ》らかいので重量がある装甲車だとタイヤが砂に埋《う》まってしまう。

そこで装甲車の収納庫から、立ち乗り電動二輪車を五台出して移動に使う事になった。この立ち乗り電動二輪車は地球にも似たようなものがあるが、馬力が違った。それに砂を巻き上げないように、タイヤにカバーが付いているところが異なっている。多くの製品があるが、二つのタイヤが横に並んでいる間に立って乗り、操縦はボタンがいくつか付いている小さなコントローラーと体重移動で行う。アーロンたちは、これを『並輪《へいりん》バイク』と呼んでいる。その並輪バイクに乗って風鳴き谷の奥へと向かう。砂の上を四十分ほど走った時、突然《とつぜん》前方の砂が爆発したように上空へと舞《ま》い上がる。

砂の中から現れたのは、赤い角を持つ巨大《きよだい》な蛇だった。紅角スネークは脅威度3のモンスターで、狂乱《きようらん》コングより強く暴竜ベルゴナより弱いという評価になっている。その評価はモンスターの戦闘力や防御力などを数値化して屠龍猟兵ギルドが決めているそうだ。その紅角スネークが我々を見付けて這い寄ってくる。その背後には盛大《せいだい》な砂埃《すなぼこり》が舞い上がり、紅角スネークのパワーを感じさせる。

「打ち合わせ通り、僕《ぼく》とロランド、それにレギナが紅角スネークの動きを止めます。パウラとゼンでトドメを刺《さ》してください」

アーロンの言葉に他の皆が頷いた。ロランドはサンダーアックスと呼ばれている長柄《ながえ》の斧《おの》を使っている。斧の刃《は》から高圧大電流が流れ、モンスターにダメージを与える武器だ。レギナとロランドは武器を持って紅角スネークに向かって走り出した。紅角スネークがロランドに噛《か》み付こうとする。それをロランドが避《さ》け、サンダーアックスを紅角スネークの頭に叩《たた》き付ける。電撃が紅角スネークの全身を駆《か》け巡《めぐ》ったが、大きなダメージを与える事はできなかった。

激怒《げきど》した紅角スネークがロランドとレギナに対して襲い掛かる。噛み付き、体当たり、尻尾《しっぽ》で叩くなど凄《すさ》まじい暴れっぷりだ。その攻撃の全《すべ》てをレギナとロランドは回避《かいひ》した。一発でも攻撃を受ければ大怪我《けが》しただろう。私なら粒子装甲があるので大怪我はしないだろうが、その代わりに回避する運動神経とスピードがない。紅角スネークはレギナとロランドが近距離《きより》に居るので、熱線ビームを使わないようだ。その時、アーロンが大型ライフルで紅角スネークを射撃した。発射されたライフル炸裂《さくれつ》弾が紅角スネークの頭に当たって爆発する。地球の象だったら即死《そくし》するくらいの威力がある炸裂弾なのだが、紅角スネークは少し血を流すくらいで耐えた。ギロリとアーロンを睨んだ紅角スネークが額の角をアーロンに向ける。

その時、パウラの赤豪レーザーが照射された。鋼鉄も融かすほどの高温を発生させる赤豪レーザーが、紅角スネークの肉体を焼く。だが、紅角スネークは熱に強い耐性《たいせい》を持っていた。その表面を覆っている鱗《うろこ》は、レーザー光の半分ほどを撥《は》ね返してダメージを軽減しているようだ。パウラの攻撃でも仕留められなかったのを確認《かくにん》した私は、粒子円翔刃を放った。マッハ7で飛翔した粒子円翔刃は紅角スネークの首に命中して切断した。あまりにもあっさりと切断したので、パウラたちが驚いた顔をして固まる。

「そんにゃ……あれほどタフだった紅角スネークが一撃……」

パウラが呆然《ぼうぜん》とした顔で呟《つぶや》く。そして、レギナが近付いてきた。

「やっぱり、ゼンの戦術魔導技は桁が違う。何か秘密があるのか？」

「天震力の使い方が、少し効率的なだけですよ」

レギナが心配そうな顔をした。

「秘密にしているのなら、少しは隠す努力をした方がいいわよ」

どういう事だ？　私の天震力の使い方を奪《うば》いたいと思う者が居るという事だろうか？　だが、これはゾロフィエーヌから与えられたもの。他の者に教えるなんて不可能なのに。

「他の人に教えるなんて、不可能なんですけど」

「秘密にしたいというのなら分かるけど、不可能というのはどうして？」

レギナが不思議そうな顔をする。

「自分でも理解して使っている訳じゃない、という事ですよ」

「理解していないのに、使えるものなの？」

「戦術魔導技というのは、感覚的に把握《はあく》して使っている場合が多いと言われています」

レギナはパウラに顔を向ける。

「そういうもの？」

パウラが頷いた。

「最初に理論的にゃものを教わるけど、最終的には自分の感覚に従って発動しているかにゃ」

だから効率が悪いのかもしれない。私の場合は、感覚的にというのは嘘ではないが、ちょっと違っている。リカゲル天神族の理論に基《もと》づいた手順に従い発動しているのだ。但し、その理論は理解していないので、応用が利《き》かない。

「それにモンスターと戦っている時に、実力を隠せるほど器用ではない。そして、そんな実力もありませんよ」

パウラが納得したように頷く。

「圧倒的《あっとうてき》にゃ実力がにゃい限り、私も無理だと思う。それにゼンは屠龍猟兵ランクが『C』にゃんだから、三基本技を強化した五等級魔導技だと言えば、納得するんじゃにゃいか」

つまり屠龍猟兵ランクCの私は五等級魔導技が使えて当然だから、威力がありすぎる三基本技を五等級魔導技と言えば誰《だれ》でも納得するというのだ。

「そう言えば、初めてパウラたちに『粒子撃』を見せた時、三基本技じゃないって言っていたな」

それを聞いたレギナが頷いた。

「普通の『粒子撃』は、あんな強烈《きょうれつ》な爆発は起こさないわね」

パウラたちが同意して一斉《いっせい》に頷いている。

「了解、これからはそうするよ。誰かに聞かれたら、五等級魔導技だという事にする」

それを聞いてレギナが頷いた。

「それがいい。宇宙には、心が腐《くさ》った連中も居るからね」

この宇宙には様々な種族が居て、その中には貪欲《どんよく》で優《やさ》しさなど一欠片《ひとかけら》も持っていない連中も居るという。

私は二ヶ月ほどアーロンたちと狩りを続け、九匹の紅角スネークを倒した。紅角スネークのフレイムホーンは税金を差し引いて三千万クレビットで売れる。なので、九匹で二億七千万クレビット、五人で分けて五千四百万クレビットとなる。但し、諸費用があるので手取りは五千四百万クレビットより少なくなる。とはいえ、二ヶ月で五千万クレビット以上を稼いだのだから、凄いものだ。ただ目的だった五等級魔導技を習得するヒントは、得られなかった。赤豪レーザーは見ただけでは原理を解明する事ができなかったのだ。世の中、そんなに甘《あま》くないという事だ。

「ここが砂漠でなかったら、いい経験になった、と喜べるんだけど」

それを聞いたレギナが笑う。

「へろへろじゃない。そんなにキツかったの？」

「身体のあちこちにガタが来ているんです」

二ヶ月間の砂漠暮らしは、さすがに厳しかった。五十代後半になった肉体は限界を感じ、あちこちが痛い。やはり長命化処置は必要だ。街に帰ったら長命化処置を受けようと思ったのは、肉体の限界を感じただけが理由ではない。時々、強烈に地球に帰りたいと思う時があるのだが、そのためには時間が必要だった。

◆◆◇◇◆◆◇◇◆◆

エレベーター街に戻ると、アーロンたちと別れて長命化処置ができる病院へ行った。それは屠龍猟兵ギルドが経営する総合病院だった。

「どのようなサービスを、お望みですか？」

病院の受付ロボットが質問してきた。ロボットはワーキャット型で頭の上の猫耳《ねこみみ》がチャームポイントになっている。

「長命化処置を受けたい」

「長命化処置には、いくつかのオプションがありますので、担当医とご相談ください」

私は担当医が居る部屋に案内された。清潔感のある通路を通って部屋に入ると、この惑星の住民であるワーキャット族の医者が待っていた。

「長命化処置について、ご説明します」

医者の話によると、長命化にはいくつかの方法があるようだ。代表的な二つを挙げると、一つは遺伝子組み換《か》えによる長命化である。遺伝子組み換えという方法だと、子孫まで長命化するというメリットがある。そして、デメリットとして、遺伝子を変えた事で影響《えいきょう》が出る事があるそうだ。その影響が好ましくないものなら、治療《ちりょう》できるので問題はないという。

もう一つの方法は、長命化ナノマシンを体内に埋め込む事だ。長命化ナノマシンは老化を止め、怪我や病気から身体を守る。老化を止めると言っても永遠に止められる訳ではなく、五百年という限度があるようだ。遺伝子組み換えは人間の寿命《じゅみょう》を三百年にまで延ばし、長命化ナノマシンは寿命を五百年まで延ばす。長命化ナノマシンの方が良いように思えるが、値段は五倍ほど高い。私は迷った末に遺伝子組み換えを選んだ。この歳なので子供を作る予定もないし、五倍という値段の差が決定打となった。

「質問なんですが、この遺伝子組み換えは、ボソル感応力や魔導師としての能力に影響はありませんか？」

「影響する可能性は極《きわ》めて低いです。影響するとしたら、一万人に一人でしょう」

「分かりました。遺伝子組み換えにします」

「そうしますと、いくつかのオプションがあります」

そのオプションを纏《まと》めると、『脳内メモリー設置』『筋力強化』『増毛』『体調モニター』『自動筋肉維持《いじ》機能』……という二十個ほどのオプションがあった。価格はそれぞれで五万クレビットから一億クレビットもするオプションだ。

私は『脳内メモリー設置』『筋力強化』『体調モニター』『自動筋肉維持機能』の四つについて詳《くわ》しい説明を受けた。『脳内メモリー設置』は脳の一部にナノテクノロジーを使って大容量の記憶《きおく》メモリーである有機記憶素子を設置するものだった。脳細胞《のうさいぼう》と融合《ゆうごう》する形で組み込まれるので、脳内システムの使い方を覚えれば有機記憶素子から情報を読む事や記録する事ができる。但し、外部の情報機器にアクセスする通信機も必要だった。『筋力強化』は文字通り強靭で強力な筋肉に改造する事だ。

『体調モニター』は体調管理の装置を体内に埋め込む事で、細菌《さいきん》の検査まで行う。そして、『自動筋肉維持機能』というのは、通常運動しないと筋肉は衰《おとろ》えるものだが、それを強制的に維持するという機能である。

考えた末に『脳内メモリー設置』と『自動筋肉維持機能』の二つのオプションを追加する事に決めた。『筋力強化』については迷ったが、魔導師として生きていくなら必要ないだろうと切り捨てた。『体調モニター』も気になったが、九千万クレビットと高額だったので諦《あきら》めた。

「長命化処置を行うと、ゆっくりとですが若返ります。違和感《いわかん》を覚えるかもしれませんが、問題ありませんので心配は無用です」

「先生、どれほど若返るのです？」

「あにゃたは五十代後半という事ですので、三分の一の二十歳《はたち》ほどににゃるでしょう」

寿命が約三倍の三百歳《さい》ほどに長命化したので、その割合で若返るようだ。嬉《うれ》しい気もするが、『若作り』という言葉が頭に浮《う》かんだ。外見は若返っても思考は今のままだという。

「但し、肉体の若さに影響を受けて、精神も若返るという事はあります」

「そういう場合は、どうしたらいいでしょう？」

医者が笑った。

「悩《なや》む必要はありません。あにゃたの寿命は三倍ほど延びるのです。実際に若返るのですから、長くにゃった人生を楽しんでください」

その後、徹底的《てっていてき》な検査をしてから処置室に連れて行かれた。遺伝子レベルで検査済みなので、処置は検査結果を基に医療ロボットが行うという。何かの液体が入った大きなカプセルの中に入れられた私は、すぐに意識を失った。処置時間はおよそ三日。次に目が覚めた時には、病院のベッドの上で寝ていた。

「目が覚めましたか。担当医を呼びます」

看護ロボットが担当医を呼んだ。五分ほどでワーキャット族の医者が現れ、長命化処置が無事に終わった事を教えてくれた。鏡を見たが、外見はあまり変わっていないようだ。ただ顔色が良いように思える。そして、左の耳たぶに小さなピアスが付けられていた。これは脳に設置したメモリーと繋がっている通信機である。そして、一番違和感があったのは、頭の中にスイッチがあった事だ。そのスイッチに意識を集中してオンにすると、頭の中にモニターが現れた。

「うわっ」

担当医に変な顔をされた。

「どうかしましたか?」

「頭の中にあるスイッチを入れたら、モニターみたいなものが出てきたんです」

「ああ、脳内システムが起動したのです。その中にマニュアルもありますから、使い方を勉強してください」

担当医は簡単な使い方だけ教えてくれた。脳内システムのマニュアルの他にも、『長命化処置の説明』というファイルがあった。それには長命化処置でどうなるかが書かれているという。最後に検査があったが、問題なしという事で病院を出た。そのままゲストタワーの部屋に戻ると、病院が用意したマニュアルや説明書を読んだ。頭の中にあるモニターに映し出された文字を読む事になるが、目で文字を追っている訳ではなく意識を向けると自然に文章が頭の中に入ってくる。

本を読むより五倍ほど速く読めるように感じた。ちなみに、ゾロフィエーヌによって魂《たましい》に刻まれた情報と脳内メモリーのファイルは全然別のものだ。私が事故で脳を損傷した場合、脳内メモリーのファイルは消えるかもしれないが、精霊雲《せいれいうん》＝魂に刻まれた情報は死ぬまで消える事はない。それは認知症《しょう》などの病気になった場合も同じだった。脳内にある記憶を精霊雲の記憶領域にコピーできれば、不死への第一歩になる。

脳内システムの他にも変化があった。身体が疲《つか》れ難《にく》くなったのだ。そして、全身に活気が漲《みなぎ》っているような気がする。


長命化処置が終わった私は、レギナたちから言われた三基本技を五等級魔導技だとする話を思い出した。そのためには普通の威力を持つ三基本技も使えるようにしなければならない。

「わざわざ威力が劣《おと》る基本技を使う事になるとは、思わなかったな」

三基本技の速度と天震力の量を調整し、威力を下げたものを考えた。魔導練習場へ行って微《び》調整するとパウラが使っている基本技と同じ威力を持つ三基本技が完成した。それらの劣化《れっか》版には、頭に『プチ』を付ける事にする。つまり『粒子撃』なら『プチ粒子撃』と呼ぶ事にしたのだ。

このプチ基本技を考えている最中、本当に基本技を五等級魔導技にまで高められるのではないかというアイデアが閃《ひらめ》いた。自分のアイデアが新しいものなのか、それとも過去に存在するものなのか確かめるためにネット検索《けんさく》する。基本技を強化するというアイデアは存在するようだ。だが、閃いたアイデアと同じものはなかった。

私はホバーバイクでシスカ草原へ行き、南西にある岩山に向かった。シスカ草原の九割は真っ平らな草原となっているが、南西の奥だけには岩山が連なっている場所がある。その岩山を標的にして戦術魔導技の練習をする魔導師も居る、という話を聞いていた。私も新しい五等級魔導技を岩山を的にして試してみようと考えたのだ。閃いたアイデアというのは、ボソル粒子で形成する投射体をもっと頑丈なものにしようというものだった。今はスピードを上げすぎると投射体が加速度に耐えきれず爆散してしまうので、わざとスピードを抑えている。

どうやって投射体の強度を上げるのかというと、粒子装甲の応用である。天震力を継手《つぎて》として、ボソル粒子をあるパターンで結合すると頑強なものになる。その方法で形成した粒子弾なら、音速の五倍まで加速しても途中《とちゅう》で爆発する事なく命中させる事ができた。『粒子撃』の限界を確かめてみると、音速の七倍にまで加速した時に途中で爆発した。大気中の限界は音速の六倍という事だ。

新しい基本技は、頭に『強化』という文字を付けて呼ぶ事にした。その強化粒子弾を岩山に向けて放つと、ゴオッという大気を切り裂いて飛翔する音が響き渡《わた》り、命中して大爆発が起きた。盛大に岩の破片《はへん》が飛び散り、岩肌《いわはだ》に直径六メートルほどのクレーターが生まれる。元の『粒子撃』の三倍ほどの威力となっているのではないだろうか。同じ方法で『粒子撃・貫通弾《かんつうだん》』と『粒子撃・円翔刃』を強化する。『粒子撃・貫通弾』はスピードがマッハ15になり、『粒子撃・円翔刃』はマッハ11になった。その影響で威力も何倍にも高まり、これならギルダ峡谷《きょうこく》の母王《ぼおう》スパイダーも倒せるのではないか。

母王スパイダーを倒せば、白龍珠《はくりゆうじゆ》が手に入る。その白龍珠は戦艦などに装備されるエネルギー吸収バリアの主要部品となるらしく、その買取金額は二百億クレビットという巨額になる。その金が手に入れば、遷時空跳躍《せんじくうちようやく》フィールド発生装置なしの星間航宙船なら買えるかもしれない。


新しい魔導技を開発している間に、十数日が経過した。最近身体の調子が良い。人間の身体は二年くらいで全部の細胞《さいぼう》が入れ替《か》わるという。長命化処置を受けた私は、入れ替わる時に若い細胞になるらしい。なので、時間が経《た》つに従い身体の調子が良くなっているらしい。そこでギルダ峡谷への遠征《えんせい》を考え始めた。

ギルダ峡谷へ行く準備をしていると、レギナが訪ねてきた。部屋に入れたレギナは、部屋の中を見回してから一体だけ稼働《かどう》している整備ロボットに目を向ける。

「何か無骨な家事ロボットね」

家事ロボットではなく整備ロボットなんだが、と考えながら尋ねた。

「お茶でも淹《い》れようか？」

レギナが頷いたので、整備ロボットにお茶を淹れるように頼《たの》んだ。この惑星ボランでお茶というと紅茶のような飲み物になる。テーブルの上に保存食が並べられているのをレギナが見た。

「ん、狩りの準備をしているの？」

「ええ、ギルダ峡谷へ行きます」

「もしかして、母王スパイダーを倒して、天神族が残した秘宝を手に入れるつもり？」

「そのつもりです」

「でも、母王スパイダーは化け物よ」

私はニコッと笑った。それを見たレギナが首を傾げる。

「雰囲気《ふんいき》が変わったわね。もしかして長命化処置を受けた？」

私は頷いた。

「御蔭で貯金が二十一億クレビットも減りました」

「その代わりに三百年の寿命を手に入れたのだもの、安い買い物よ」

「そうですけど。私の場合は寿命より、身体が動かなくなるのが心配だったんです」

レギナも長命化処置の恩恵《おんけい》を受けているが、レギナ個人が長命化処置を受けた訳ではない。レギナの祖先が長命化処置を受け、その遺伝子を受け継《つ》いでいるので、生まれた時から寿命が長いのだ。そういう長命化は国家プロジェクトとして実施《じっし》されるので、一人分の費用は安くなるらしい。

「それより母王スパイダーよ。ゼンの基本技でも倒すのは無理だと思うわ。どうするの？」

「基本技の強化版が、使えるようになったんです」

レギナが眉間《みけん》にシワを寄せた。

「それは五等級魔導技に相当する基本技を、本当に習得したという事？」

私は大きく頷いた。

「そういう事です。今までの三倍くらいに威力が増しました」

「三倍か。それなら母王スパイダーも倒せるかもしれないわね。そうだ、あたしも一緒に連れてって」

　私が変な顔をしたようだ。それに気付いたレギナが慌《あわ》てて言い足した。

「あなたが手に入れた秘宝を、狙っている訳じゃないのよ。ただあたしが将来ギルダ峡谷へ行く時、参考にしようと思ったの」

　天神族の秘宝と言われているものは、隠し場所に一つではなく複数存在しているという。隠し場所に辿《たど》り着いた者は、その中から一つだけ選んで持ち帰る事ができるのだ。こういう話が残っているという事は、母王スパイダーを倒して秘宝を手に入れた者が居るのかもしれない。但し、正式な記録がない点を考えると、その人物は屠龍猟兵ギルドには報告しなかったようだ。彼女の話を聞いて心の中に一つの疑問が浮かんだ。

「レギナは、前衛戦闘士タイプですよね。強化する場合は武器を替える事になるの？」

「武器だけじゃないわよ。武装機動甲冑《きどうかっちゅう》を購入《こうにゅう》してパワーアップする事や、身体の一部を機械化してサイボーグになったり、屠龍機動《とりゅうきどう》アーマーという手もあるわ」

　屠龍機動アーマーという知らない単語が出てきたので、レギナに確認した。

「屠龍機動アーマーというのは、ボソル感応力を持つ者が使用するボソル粒子で出来ている武装機動甲冑みたいなものよ」

「レギナは、どうするつもりなんです？」

「あたしは、武装機動甲冑を購入する資金を貯《た》めているところよ」

「いくらなんです？」

「最低の性能のものでも、三億クレビットはする。でも、あたしが欲《ほ》しいのは八億クレビットするわ」

レギナが溜息《ためいき》を漏《も》らした。

「ところで、ここに来た用件は？」

「あ、そうだった。最近屠龍猟兵が襲われるという事件が起きているの。それも金を貯め込んでいる者が狙われているので、ゼンも注意するように言いに来たのよ」

屠龍猟兵を襲っている者が居ると聞き、不思議に思った点がある。金を貯め込んでいる屠龍猟兵が襲われるという点だ。金を貯め込んでいるという事は、それだけの実力があると考えられる。その点をレギナに尋ねた。

「襲った犯人も腕利きという事になる。だから、気を付けるように言いに来た」

「まあいい。我々はギルダ峡谷に行くから、襲われるなら帰って来てからになる」

レギナが頷いた。

「そうだな。その間に捕《つか》まってくれれば、いいのだけど」

「レギナは、遠征の準備は終わった？」

「終わったよ」

その翌々日、我々はギルダ峡谷に向かって出発した。ここは氷河が土地を削《けず》って形成された峡谷で、川沿いには緑があるが、崖《がけ》の上の方は灰色の岩だけがあった。雄大《ゆうだい》な地形に息を呑《の》む。アメリカのグランドキャニオンに似ているが、もっと壮大《そうだい》な景色だった。

途中までホバーバイクで行き、糸を飛ばして攻撃してくる投網《とあみ》スパイダーというモンスターが居る地域に近付いたので、地上に下りて歩いて行く。空にはキラリと光るものが何本かある。投網スパイダーが風に乗せて流している蜘蛛《くも》の糸が光っているのだ。この糸に鳥が掛かり、投網スパイダーの餌《えさ》になるという。そんな事を考えながら歩いていると、レギナが話し掛けてきた。

「この前、五等級魔導技を開発したと言っていたけど、実戦で使えるようになったの？」

「もちろん。でないと、母王スパイダーと戦おうなんて考えないよ」

二人で進んでいると、投網スパイダーと遭遇した。体長が三メートルほどもある大蜘蛛で、地球の蜘蛛とは違って口から糸を吐《は》き出すモンスターである。一番最初に動き出したのはレギナだった。武器であるランスドライバーを手に持ち、投網スパイダーに向かって飛ぶように突進する。そして、間合いに入った瞬間、ランスドライバーを突き出してスイッチを押した。ランスドライバーの先端《せんたん》から超硬合金製《ちょうこうごうきんせい》スピアヘッドが高速で撃《う》ち出され、投網スパイダーの頭を正確に串刺《くしざ》しにした。その動きを見た私は、到底真似《とうていまね》ができない動きだと感じた。

「一撃か。見事なものですね」

感心したように言うとレギナが笑う。

「また丁寧《ていねい》な口調になっているぞ。屠龍猟兵同士の喋《しゃべ》り方じゃない。あまり丁寧な言葉遣《ことばづか》いだと他の屠龍猟兵に気取っていると思われるから、直した方がいい」

レギナはそう言ったが、よっぽど親しい仲にならないと、丁寧な口調になってしまうのだ。

「そろそろ人食《ひとく》いスパイダーの縄張《なわば》りよ」

人食いスパイダーというのは、体長三メートルほどもある大蜘蛛で牙《きば》に毒を持っている。その毒を作る毒袋《どくぶくろ》が高く売れるらしい。但し、その毒は致死性《ちしせい》なので危険なモンスターだった。我々が谷間を進んでいると、レギナが頭の上にある耳をピコピコと動かし始めた。

「どうかしたのか？」

「モンスターの気配がする。気を付けて」

その直後、両脇《りょうわき》の崖に開いた穴から、投網スパイダーより大きな蜘蛛が数多く姿を現した。その数は十数匹になるだろう。

「人食いスパイダーよ。このモンスターに噛まれたら、死ぬから」

「分かっている。こいつは私が倒そう」

「大丈夫なの？」

「問題ない」

私はパワー導管の制御門を開放レベルTで開き、ボソル粒子と天震力を取り込んだ。私の制御力は全開の五パーセントまで制御できるようになったが、残念な事に使いやすいのは相変わらず三パーセントの開放レベルTだ。訓練と実戦で一番使っているのが開放レベルTなので、仕方ない面もあるのだ。ただ訓練においては五パーセントの開放レベルFを使うようにしようと考えている。ちなみに、『F』はファイブの意味である。最後に粒子装甲を展開した。

それぞれの人食いスパイダーまでの距離を見て、近い人食いスパイダーに粒子貫通弾を放つ。発動時間が〇・八秒にまで短縮されているが、合格点だと言われている〇・三秒にはまだまだだ。それでも粒子貫通弾は正確に人食いスパイダーの頭を貫《つらぬ》いた。次々に走り寄る人食いスパイダーを粒子貫通弾で貫く。そして、ちょうど十匹を倒した時、人食いスパイダーが私に飛び掛かってきた。押し倒されて地面を転がる私に、人食いスパイダーが伸《の》し掛かる。恐怖《きょうふ》が湧《わ》き起こりパニックになりそうになった。レギナは私とモンスターの距離が近すぎて攻撃できずにいた。

「ゼン！」

その時、レギナの声が耳に届いた。その声で少し冷静になった私は、粒子装甲が破られていない事を確認した。人食いスパイダーの牙でも粒子装甲は破れないようだ。ホッとして粒子貫通弾を人食いスパイダーの頭に撃ち込む。素早《すばや》く起き上がると周りに居る人食いスパイダーに粒子貫通弾を撃ち込んだ。全滅《ぜんめつ》させると、レギナが駆け寄ってきた。

「怪我はない？」

「大丈夫。粒子装甲があったから、人食いスパイダーの牙は届かなかった」

「こんな調子で、母王スパイダーと戦うなんて無茶じゃないのか？」

「母王スパイダーが一匹だけなら、大丈夫。今回は数が多かったから手子摺《てこず》っただけだよ」

とはいえ、危なかった事は事実なので反省した。今回は間合いが離れていた時も、粒子貫通弾を使った点が間違いだったようだ。着弾したら爆発する粒子撃で攻撃したら、周りの人食いスパイダーも巻き込んでダメージを与えられたに違いない。そうすれば、人食いスパイダーをここまで近付かせる事はなかったはず、と反省する。

我々は蜘蛛型モンスターを倒しながら、峡谷の奥へと進んで滝《たき》がある場所まで来た。ここに母王スパイダーが棲み家にしているという情報だった。二十メートルくらいの高い位置から、大量の水が流れ落ちている。滝壺《たきつぼ》はかなり深いようだ。その滝の周りには木々が生《お》い茂《しげ》っている。

「おかしい、静かすぎる」

耳を澄《す》ましてもモンスターが居るような気配がない。

「ここで間違いないはずだけど」

レギナが首を傾げた。その時、滝の裏から何かが飛び出した。

「モンスターだ！」

レギナの叫《さけ》び声が聞こえた。それを聞いた私は、反射的に後ろに跳躍して逃《に》げた。滝の裏から飛び出してくるものが、酷《ひど》く大きくて恐《おそ》ろしく感じたのだ。それは母王スパイダーだった。全長が二十メートルほどもある巨大蜘蛛であり、その頭は五メートルほどの高さにあった。頭には八つの目があり、その目で私を見下ろす。心の中に恐怖が込み上げる。

その時、ランスドライバーを構えているレギナの姿が目に入る。恐怖など感じていないかのように、冷静な目で母王スパイダーを見詰《みつ》めていた。私はまだまだだな。レギナに比べて心が弱すぎる。こいつを倒す手段を持っているのに、何が怖《こわ》い。しっかりしろ。

レギナは持ち前の素早さと筋力を発揮し、私より後方で身構えている。この母王スパイダーを私一人で倒すと宣言しているので、レギナは私が危なくならない限り手を出さないはずだ。粒子装甲を展開し、粒子弾を母王スパイダーに向かって放った。強化粒子弾ではなく普通の粒子弾を使ったのは、母王スパイダーとの距離が近かったからだ。強化粒子弾だと私も爆風を浴びて吹き飛んでしまう。粒子弾は母王スパイダーの腹に命中して爆発した。その爆発力で母王スパイダーがひっくり返ったが、私も爆風を浴びて地面に倒れた。

「この粒子装甲の弱点は、衝撃《しょうげき》の全てを吸収してくれないところだな」

ひっくり返った母王スパイダーが起き上がろうと暴れている。ダメージはそれほどないようだ。チャンスだと思い、強化粒子円翔刃を巨大な頭に向かって放った。母王スパイダーが危険を察知したのかどうかは分からないが、必死で起き上がると横に跳《と》んだ。だが、飛翔する強化粒子円翔刃は速かった。音速の十一倍で飛び、母王スパイダーの足を一本切り飛ばす。ギチギチという何かを擦《す》り合わせるような叫びを母王スパイダーが上げる。それを聞いた私は頭が痛くなった。次の瞬間、母王スパイダーが跳躍して距離を詰めると長い足で私の身体を薙《な》ぎ払《はら》う。

「うぐっ」

衝撃の大半は粒子装甲が受け止めたが、粒子装甲ごと弾き飛ばされるのを防ぐ機能はなかった。宙を飛んで地面に叩き付けられた私はゴロゴロと転がる。そんな攻撃を食《く》らっても大怪我をしない粒子装甲は凄いのだが、身体中に痣《あざ》が出来たかもしれない。そして、もの凄い衝撃で頭がくらくらする。母王スパイダーが走り寄ってくるのが見えた。反射的に粒子弾を放つ。これが一番練習した攻撃だから、咄嗟《とっさ》に発動していた。

「ヤバイ、近すぎる」

私は地面に伏《ふ》せて頭を両腕で防御する。粒子装甲があるので大丈夫なのだが、これは本能的な行動だ。粒子弾が母王スパイダーの頭に命中して爆発。その爆風が私の身体を吹き飛ばそうとする。何とか耐えて起き上がると、母王スパイダーの目が何個か潰《つぶ》れて苦しんでいた。

「酸だ。気を付けろ！」

レギナが叫んでいる。苦しがっていた母王スパイダーが、口から酸のガスを吐き出したのだ。私は必死で逃げた。やっと安全なところまで逃げて振《ふ》り返る。白い霧《きり》のようなガスの中にぼんやりと母王スパイダーの姿が浮かんでいる。

「これってチャンスじゃないか」

強化粒子弾を母王スパイダーに向かって放った。凄まじいスピードで飛翔した強化粒子弾は、母王スパイダーの胴体に命中して爆発。その爆発力で頑丈な外殻《がいかく》が砕《くだ》け散り、内部の肉片が飛び散った。

「よし！」

母王スパイダーは地面に倒れており、あの強化粒子弾で仕留めたと思った。確かめるために粒子貫通弾を母王スパイダーに撃ち込んだ。反応がない。死んだようだ。そう思って近付いた時、待っていたかのように母王スパイダーが立ち上がって私の身体を長い足で弾き飛ばした。弧《こ》を描いて飛びながら、『母王』と呼ばれるほどのモンスターが死んだふりはないだろうとチラッと思う。その直後に地面に叩き付けられ、母王スパイダーが追い掛けてくる。まずい、まずい、まずい……。

その時、レギナが母王スパイダーに向かって突撃するのが目に入った。ダメだ。あのランスドライバーではダメージを与えられない。そう思った瞬間、レギナが何かを母王スパイダーに向かって投げた。それが母王スパイダーに命中して爆発。それにより母王スパイダーの追撃スピードが落ちた。レギナがチャンスを作ってくれた。ただ強化粒子弾でも仕留められなかった母王スパイダーのタフさを見て迷いが生じた。強化粒子弾を連続で当てれば倒せるかもしれないが、その時間がない。

咄嗟の判断でパワー導管の制御門を開放レベル1に変えた。まだ完全には制御できない量の天震力が身体の中に溢れ出す。ボソル粒子を何とかリング状の刃物《はもの》の形に変えようとする。意識フィールドの手から天震力とボソル粒子が少しずつ零《こぼ》れ落ちるのを感じて顔が歪《ゆが》む。もう少し、もう少しでリング状の形になる。意志力を振り絞《しぼ》ると雲のようにあやふやだったボソル粒子がリング状になり始めた。それがリング状の刃物になった瞬間、母王スパイダーに向けて放った。飛翔を始めたのは、強化粒子円翔刃である。しかも今まで試した事がないほどの天震力を注ぎ込んでいる。

一瞬で母王スパイダーまで飛んだ。母王スパイダーが太い足を頭の前に突き出して頭部を守ろうとする。だが、凄い勢いで命中した強化粒子円翔刃は、簡単に足を切断して巨大な頭を切り裂いた。そして、胸の部分まで切り裂いた瞬間、爆発して母王スパイダーの肉片が飛び散った。本来は強化粒子円翔刃が爆発する事はないのだが、無理に天震力を注ぎ込んだのが原因だろう。その爆風が押し寄せてレギナと私の身体を吹き飛ばす。

「うああー！」

レギナの悲鳴が聞こえた。私は転がりながらレギナを探した。レギナが倒れているのを見付け、慌てて起き上がると駆け寄った。

「大丈夫か？」

レギナは痛そうに顔をしかめていたが、大丈夫なようだ。

「ちょっとした打ち身だけみたいだ」

「良かった」


他のモンスターが現れる前に母王スパイダーの死骸《しがい》を片付けないといけない。工具を使って巨大な胴体を切り裂き、中にある白龍珠を取り出した。

「あの爆発で壊《こわ》れなかったのか。運がいい」

レギナが三センチほどの白龍珠を見て言った。綺麗《きれい》に拭《ふ》いて宝石箱のような箱の中に入れて異層ペンダントに仕舞《しま》う。残りの死骸は異層ブレスレットに収納した。

「やはり、異層ボックスは便利だ」

顔に擦り傷が出来ているレギナが、異層ブレスレットを見ていた。母王スパイダー狩りで得た収穫物《しゅうかくぶつ》は私のものという事になっていたが、白龍珠を売却《ばいきゃく》した代金のいくらかをレギナに渡そうと思った。レギナはそれに値《あたい》する働きをしたのだ。

後始末も終わり、ホッとしていると声が聞こえてきた。

「天神族の秘宝があるとすれば、あの滝の裏だろうね」

レギナが母王スパイダーが出て来た滝に目を向けながら言った。

「それしか考えられないな。確かめてみよう」

私は先頭に立って滝に近付き、滝の裏側に入る細い道があるのを発見した。その細い道を進んで滝の裏側に入る。そこはサッカー場ほどの広さがある空間で母王スパイダーの巣だった。天井《てんじょう》には光を発する苔《こけ》のようなものがびっしりと張り付いており、その光で十分な明るさがある。母王スパイダーの巣には、食べたと思われる動物の骨が散らばっていた。

「見ろ。屠龍猟兵が使う武器もある。母王スパイダーに殺《や》られたんだろう」

レギナの顔が厳しいものに変わった。私も暗い表情になる。そして、奇妙《きみよう》なものを見付けた。白いボウリングボールほどの球体である。

「あれは、卵？」

レギナも私が見ているものを見た。

「たぶん、そうだろう」

「潰した方がいいのだろうか？」

「いや、この惑星ではモンスターの保護もしているから、潰したらダメだ。母王スパイダーを絶滅させるのはまずい」

屠龍猟兵ギルドはモンスターの保護もしているのか。なるほど、モンスターの龍珠は貴重な資源という事だな。他にも卵がないか見回した時、奥に横穴のようなものを見付けた。

「あそこか？」

その入り口を奥へと進むと金属製の扉《とびら》が目に入る。その扉には文字が書き込まれていた。

「『峡谷の主《ぬし》を倒した者だけが、ここへ入る事を許される』か。母王スパイダーを倒さないと入れない場所らしい」

私の後ろを付いて来たレギナがこちらに目を向ける。

「あたしは、ここで待っているよ」

「本当に入れないか、試してみたらどう？」

「いいえ、天神族の意志は尊重されなければならない」

それを聞いた私は、扉に手を置くと押し開けた。簡単に開いた扉の中に入ると素早く見回す。中は二十畳《じよう》ほどの広さで、十二個の円筒形《えんとうけい》の筒《つつ》が設置されていた。大きさは直径三十センチほどで高さは百五十センチほどである。その筒の表面に文字が書かれており、それは筒の中に入っている秘宝の種類らしい。この中から一つを選ぶという事のようだ。

「『雷戦斧《らいせんぷ》』『翔撃《しようげき》ダガー』『二つの宝玉』『一つの宝玉』……宝玉というのは何だ？」

武器と宝玉が天神族の秘宝だというのは分かった。宝玉というのは宝石の事なのだろうか？　天神族の秘宝に宝石というのは違うような気がする。宝石は人工的に作れるので、宙域同盟での価値はあまりない。そうなると宝玉というのは何なのだろう？　視線を武器が入っていると思われる筒に向ける。私に武器が必要だろうか？

迷った末に『二つの宝玉』と言うのを選んだ。魔導師である自分には、武器を選んでも使い熟す技量がないと判断し、宝玉の中から『二つの宝玉』を選んだのである。『二つの宝玉』と書かれている筒に手を置くと、筒が細かく砕けて中身が姿を現した。台座の上に載《の》っている二つのクリスタルだ。

「このクリスタルは、何だろう？」

クリスタルの一つを手に取った。その瞬間、頭の中に装甲の技術情報が流れ込んできた。そして、役目を終えた宝玉が砕けてしまう。それはアーマーとしての機能しかなかった粒子装甲をパワードスーツに改造するための技術だった。使用者の筋力をアシストして何倍にも増幅《ぞうふく》するパワードスーツは、屠龍猟兵としての戦力を高めてくれそうだ。なるほど、宝玉は技術情報を詰め込んだ学習装置だったのか。その情報は『初級魔導装甲』と呼ばれる技術らしい。それを手に入れた私は、魔導装甲技術の基礎を習得した。

「天神族の秘宝というのは、本当だったんだな。もう一つは何だろう？」

もう一つの宝玉に手を伸ばした。握《にぎ》った瞬間、また情報が流れ込んできた。今度の技術情報は『初級龍珠工学』というものだ。これはモンスターから剝ぎ取った龍珠を、様々な工業品に加工する技術を纏めたものだった。但し、『初級』と名前が付いているように、この宝玉に収められているのは、脅威度４程度までのモンスターといくつかの有名なモンスターから取れる龍珠を加工する技術である。高度な技術だったので、地球で学んだ科学知識だけでは全く理解できなかっただろう。だが、ゾロフィエーヌから文明レベルＣの一般《いっぱん》常識をもらっているので、何とか理解できた。

「この知識があれば、異層ボックスを作れそうだ」

予想以上のお宝だったので、思わず頬《ほほ》が緩《ゆる》んだ。私はスキップしそうなほど軽い足取りで、部屋を出た。ちなみに、他の筒に手を出そうとも思わなかった。天神族が決めたルールを破る危険を知っていたからだ。部屋を出るとレギナが待っていた。

「秘宝を手に入れられたの？」

「ああ、手に入れたよ」

秘宝がある部屋の事をレギナに話した。

「へぇー、武器と宝玉か。あたしなら武器を選ぶけど、なぜ技術情報の秘宝を選んだの？」

「魔導師だから、武器は必要ないと思ったんだよ」

それを聞いたレギナが笑う。

「その武器というのは、きっとフェアリーアームズよ」

「フェアリーアームズ？」

レギナの説明によると、フェアリーアームズというのは魔導師が使う武器だそうだ。天震力で制御するもので、その威力は戦闘艦の砲撃に匹敵《ひってき》するものまであるという。それを聞いて失敗したかも、と思った。天神族の秘宝を手に入れようと考えたのは、何か資金を得るために必要なものを手に入れ、それを使って資金を貯めて航宙船《こうちゅうせん》を購入するつもりだったからだ。フェアリーアームズなら、強力なモンスターを狩って大きな資金を手に入れられたかもしれない。

私とレギナは母王スパイダーの巣から出た。陽《ひ》が傾《かたむ》き、空が赤く色づき始めている。その光を受けた周りの峡谷は、赤く染まって幻想的《げんそうてき》なほど美しかった。但し、ここは楽園ではなくモンスターがうろつき回る危険地帯だ。気を抜《ぬ》くと死ぬかもしれない。

「野営する場所を探した方がいい」

レギナが野営を提案した。北西の狩り場であるギルダ峡谷から、陽があるうちに抜け出せないと判断したのだ。

「そうだね。どの辺がいいだろう？」

そう言った時、左前方から何かが飛んで来て地面に着弾した。レギナは反射的に反対側に跳躍して地面に伏せ、私は粒子装甲を身に纏う。次の瞬間、着弾した衝撃で土砂《どしゃ》や石が飛び散り、私の身体にも当たる。母王スパイダーから受けた傷もあるので、痛みが走った。

「モンスターか？」

周りを見回しながら言う。それを聞いたレギナが否定するように首を振った。

「違う。武器による攻撃だ」

立ち上がったレギナは、ランスドライバーを構えて周囲の気配を探《さぐ》っているようだ。そして、左前方にある大きな岩を指差した。

「あそこに誰か居る」

それを見ていたのだろう。その岩陰《いわかげ》から一人のワータイガーが現れた。虎《とら》を人間にしたような逞しい男で、見覚えがあった。

「ゼデッガー、なぜ攻撃した！」

レギナがゼデッガーに怒鳴《どな》った。それを聞いたゼデッガーが鼻で笑う。

「お前を狙った訳じゃねえ。俺の狙いはゼンだ」

それを聞いた私は険しい目となる。レギナが言っていた屠龍猟兵襲撃《しゅうげき》事件の事が頭に浮かんだ。もしかして、犯人はゼデッガーなのか？

「最近、屠龍猟兵を襲っているというのは、お前なのか？」

鋭《するど》い視線を向けながら言うと、ゼデッガーが嫌《いや》な笑いを浮かべた。

「何だ、知っているのか。そうだよ、お前のように貯め込んでいる屠龍猟兵を襲って、殺しているんだ」

それを聞いて不思議に思った。金は銀行口座なので奪う事はできないはずだ。

「クレビットが目的なら、どうやって奪うんだ？」

「簡単な事だ。最初に痛めつける。そして、生体認証機能付きの端末《たんまつ》を使って、闇《やみ》組織の口座に送金させればいい。だが、お前から奪いたいのは、その異層ボックスだ」

ゼデッガーの視線の先には、私の異層ブレスレットがある。あいつの狙いはこれだったらしい。レギナが鋭い目をゼデッガーに向ける。

「あんたが勝てるとは限らないだろう。負けた場合を考えていないのか？」

「フハハハハ……、面白《おもしろ》い事を言う。俺が負けるはずがないだろ」

レギナが腑《ふ》に落ちないという顔をする。

「ゼンは、母王スパイダーに勝っている。その実力者に向かって傲慢《ごうまん》だな」

「ほう、母王スパイダーを倒したのか。だったら、龍珠とフェアリーアームズを持っているな。それも頂こう」

　ゼデッガーは私が母王スパイダーを倒したところを見ていなかったようだ。それに我々が滝の裏から出てきたのに、母王スパイダーを倒したと気付かなかったのも不自然だ。その事から、ゼデッガーが母王スパイダーを倒した事がないのが分かった。ただフェアリーアームズの事を知っているのに、宝玉の事を無視しているのが気になる。

「母王スパイダーを倒した事があるのか？」

　私が尋ねると、ゼデッガーが目を吊《つ》り上げて睨んできた。

「お前が母王スパイダーを倒したとしても、勝つのは俺だ」

　そう言った瞬間、ゼデッガーがナイフを抜いて投げた。だが、着装していた粒子装甲に切っ先が当たって撥ね返される。

「チッ、装甲か」

　レギナが間合いを詰めてランスドライバーを突き出し、スイッチを入れる。その先端から超硬合金製スピアヘッドが高速で撃ち出され、ゼデッガーを刺し貫こうとする。ゼデッガーがワータイガー特有の驚《きょう》異《い》的《てき》な反射神経を発揮し、スピアヘッドを避けるために後ろに跳んだ。距離を取ったゼデッガーは、レギナに向かってメイソン銃《じゅう》のようなハンドガンを取り出して撃った。レギナは逸早《いちはや》くゼデッガーの殺気を感じ、横に跳躍して躱《かわ》す。私は何で躱せるのだと考えながら、粒子貫通弾をゼデッガーに向けて放った。粒子貫通弾はゼデッガーを掠《かす》めて背後の岩に命中し、その岩を貫通する。

「クソッ、なんて威力なんだ」

ゼデッガーの声が聞こえた。そのゼデッガーが短剣《たんけん》のようなものを取り出すと、こちらに切っ先を向ける。その瞬間、それが消えて粒子装甲に衝撃が走って弾かれた。

「何が起きた？」

地面を転がった私は、混乱していた。

「気を付けろ！　あれはフェアリーアームズだ」

レギナの声が聞こえた。フェアリーアームズ……魔導師の武器か。そのフェアリーアームズは粒子装甲を貫通し、私の肩《かた》を切り裂いていた。血が流れ出している肩を見て威力を実感した。天震力によって自由に操《あやつ》れる武器だというが、その威力に寒気がする。慌てて粒子弾をゼデッガーに向けて放った。ゼデッガーには命中しなかったが、近くの地面に着弾して爆発。その爆風であいつを吹き飛ばしたが、ゼデッガーは無傷だった。あいつも粒子装甲を着装しているのか？

生き延びる事を優先しようと決めた。レギナに合図して異層ブレスレットからホバーバイクを出し、レギナと一緒に二人乗りで飛ぶ。操縦は目が良いレギナに任せる。ここの上空には投網スパイダーの蜘蛛糸が漂《ただよ》っているので危険なのだが、それよりゼデッガーの方が危険だと考えた。

「ゼデッガーのやつが、追ってくる」

私が声を上げるとホバーバイクを操縦しているレギナが後ろをチラッと見て声を上げた。後ろを見ると同じようなホバーバイクに乗ったゼデッガーが追ってくる。ゼデッガーがまたフェアリーアームズを使った。短剣のような武器が目に見えないほどの速度で飛び、ホバーバイクの一部を貫いた。激しい振動《しんどう》が発生し、ホバーバイクが失速して地面に向かって降下を始める。その途中、遠くに何かの建物が見えた。たぶん屠龍猟兵ギルドの研究所か何かなのだろう。その建物に向かって降下し、近くに着陸した。ゼデッガーは我々の前に回り込んで着陸する。建物に逃げ込もうとしていると考えたようだ。

「逃げられると思ったのか?」

ニヤニヤと笑いながら近付くゼデッガーの手には、フェアリーアームズと思われる一本のダガーがあった。私は天神族の秘宝の一つに『翔撃ダガー』というものがあったのを思い出した。あれと同じ種類の武器なのだろうか?

レギナがランスドライバーを持って走り出した。

「ダメだ!」

フェアリーアームズを持っているゼデッガーに向かっていくのは危険だと考え、思わず声を上げる。だが、遅《おそ》かった。ゼデッガーがダガーを撃ち出した。同時にレギナが横に跳ぶ。レギナはダガーを躱してゼデッガーに近付き、攻撃する作戦だったようだ。

しかし、飛翔するダガーはレギナの予想以上に速かった。完全に躱す前にレギナの右太腿《ふともも》をダガーが貫き、Uターンするとゼデッガーの手の中に戻った。レギナは血を噴《ふ》き出しながら倒れる。

『このクソ野郎《やろう》!』

我を忘れるほど怒《おこ》った私は、思わず日本語で怒鳴り声を上げた。

「何を言っているのか、分かんねえよ。もういい、死ね」

粒子装甲を再生した瞬間、ゼデッガーが持つフェアリーアームズが消えた。その瞬間、斜《なな》め後ろに倒れるように跳びながら強化粒子円翔刃を放つ準備をする。五等級魔導技である強化粒子円翔刃は、発動させるのに少し時間が掛かる。

強化粒子円翔刃を放つ前に、あのダガーが粒子装甲に命中して全身に衝撃が走る。粒子装甲は貫通されたが、斜め後ろに跳んだ事でダガーが胸を掠めるように通過した。胸に浅い傷が刻まれたが、掠り傷だ。その瞬間は痛みを感じなかったので、強化粒子円翔刃を放った。ゼデッガーが何かを感じて避けようとした。だが、強化粒子円翔刃のスピードは、この距離で躱せるようなものではない。強化粒子円翔刃がゼデッガーの粒子装甲を斬《き》り裂き、上下真っ二つにした。そればかりではなく、ゼデッガーの背後にあった屠龍猟兵ギルドの建物も切断した。

「あっ」

建物の上部が崩《くず》れたのが目に入る。死傷者が出ない事を祈《いの》るしかできなかった。ゼデッガーの死を確かめた私は、崩れ落ちるように倒れた。掠り傷だと思っていたが、実際は少し深く切られていたようだ。

「ゼン！」

レギナが起き上がって足を引きずりながら近付くと、ポーチから救急治療セットを出して手当を始めた。その御蔭で出血が止まる。私は何とか起き上がり、異層ペンダントから本格的な救急治療セットを出し、私より重傷だと思えるレギナの手当てを始めた。救急治療セットは麻酔《ますい》、消毒、止血、傷口の縫合《ほうごう》、それに自己治癒《ちゆ》力《りょく》を向上できる薬と医療機器が揃《そろ》っていた。手当てが終わるとホッとする。

「酷い目に遭《あ》った」

「でも、生き残る事ができた。ラッキーだわ」

レギナが立ち上がり、足を引きずりながらゼデッガーに近付き、彼の所持品を回収した。その中には異層ペンダントとフェアリーアームズのダガー、それとブレスレットがあった。その時になって屠龍猟兵ギルドの研究所から車が出てきて近くに停車した。研究所の警備員らしい。

「何が起きたのだ？」

ワーキャット族の警備員が質問する。そこでレギナが代表で答えた。その後、屠龍猟兵ギルドの航空機でエレベーター街に運ばれ、そこの病院に入院する事になった。病室で寝ていると、デッセロセンター長が訪《おとず》れ、もう一度事情を話す。

「事情は分かった。原因がゼデッガーにゃのは理解した。だが、ゼンが研究所を壊して数人の職員に怪我を負わせた事実は変わらにゃい。事情を考慮《こうりょ》した上で、罰《ばつ》として一ランク降格とする」

「そんな……」

「原因がゼデッガーにあるという事がにゃかったら、屠龍猟兵の資格剥奪《はくだつ》だったのだぞ」

ゼデッガーが施設《しせつ》を破壊した時には二ヶ月の謹慎《きんしん》だったのに、今度は厳しくないかと思ったが、ゼデッガーの場合は怪我人が居《お》らず、私の場合は怪我人が出たというのが厳しくなった理由らしい。

「でも、ゼデッガーのせいで、黒獣《こくじゅう》ウルファドが解放されたんですよ」

デッセロセンター長が肩を竦《すく》めた。

「君の活躍《かつやく》で怪我人が出にゃかったからにゃ」

納得できなかったが、それが屠龍猟兵ギルドのルールだと言われると承知するしかなかった。という事で、私はランクCからランクDに降格した。ソクラテスの『悪法も法なり』という言葉が頭に浮かんだ。

但し、悪い事もあれば良い事もある。レギナがゼデッガーから回収したものは、我々のものになった。そこで異層ペンダントのセキュリティ解除やダガーとブレスレットの調査をギルドに依頼《いらい》した。病院を退院した日に結果が分かったと連絡《れんらく》があり、私とレギナは屠龍猟兵ギルドへ向かった。説明してくれたのは、センター長の部下であるルジクだ。

「異層ペンダントのセキュリティは解除できました。中身は食料や水、野営道具にゃどが多く、他に数個の龍珠が見付かっています」

その龍珠は十億クレビット相当だという。

「そして、ダガーとブレスレットはフェアリーアイテムでした」

フェアリーアイテムというのは、龍珠を中核《ちゅうかく》部品として作られた魔導師用アイテムである。その中で武器となるものが、フェアリーアームズと呼ばれているそうだ。ダガーはやはり『翔撃ダガー』と呼ばれているもので間違いないという。そして、ブレスレットは『装甲ブレスレット』と呼ばれているもので、使用者に粒子装甲と同じものを着装する機能があると判明した。

ルジクと別れた後、私とレギナは屠龍猟兵ギルドの会議室を借りて話し合い、異層ペンダントとその中身、それに加えて装甲ブレスレットをレギナ、翔撃ダガーは私のものと決めた。それらとは別に母王スパイダーの龍珠を売った金から、いくらかレギナに渡すと申し出たが、きっぱりと断られた。この中で一番高価なものが翔撃ダガーなので、私が損をしている訳ではない。ちなみに、ボソル感応力がない者は装甲ブレスレットを使えないが、レギナには弱いボソル感応力があるので使える。

装甲ブレスレットと翔撃ダガーにもセキュリティが掛けられていたが、ゼデッガーが死んだ瞬間に解除されたようだ。私とレギナは、自分専用とするために装甲ブレスレットと翔撃ダガーに思考波を登録した。その時、翔撃ダガーの使い方が頭に流れ込んできた。ゼデッガーは手に握った状態で翔撃ダガーを撃ち出していたが、なぜだろう？　それをレギナに尋ねてみた。

「きっとゼデッガーのボソル感応力は、あたしと同じで弱いものだったんだよ。だから、身体から離れた場所では、翔撃ダガーを制御できなかったんだ」

なるほど、ボソル感応力が弱かったのか。私は翔撃ダガーに天震力を注ぎ込んでから、宙に投げる。それが空中で静止してからゆっくりと身体の周りを旋回《せんかい》し始めた。自分の意識フィールドと翔撃ダガーが繋がっている感覚があり、完全に制御できる。そして、驚いた事に翔撃ダガーの威力が、あんなものではないと分かった。ゼデッガーのボソル感応力が弱かったのでナユタ界にアクセスできず、大気中に存在する微《かす》かな天震力を吸収して動いていただけだったのだ。翔撃ダガーの本来の威力はまだ分からないが、かなりのものだろうと想像できた。

5.

サリオの帰還と新しい船

私が病院を退院して三日が経過した日、サリオが戻《もど》ってきた。ゲストタワーの部屋に入ったサリオの後ろには、クーシー族の少女が立っていた。

「ゼン、若返ったみたいでしゅね？」

サリオが私の顔を見て首を傾《かし》げながら言う。最初の一言が、それだとは思っていなかった。

「長命化処置を受けたんだ。それより、その子は？」

サリオの顔が曇《くも》った。

「妹のソニャでしゅ。僕《ぼく》の家族で残っていたのは、この妹一人だけでしゅ」

サリオとソニャの悲しげな顔を見ると、何と言って慰《なぐさ》めたら良いか分からない。

「……そうか。大変だったんだな」

「最後の家族なのでしゅ。ソニャだけは幸せになって欲《ほ》しいのでしゅ」

「そうだな。私も協力するよ。ところで、コラド星とゴブリン族のゴヌヴァ帝国《ていこく》は、どうして戦争になった？」

「ゴブリン族が罠《わな》を仕掛《しか》けたのでしゅ。輸送船にカムフラージュした軍艦《ぐんかん》がコラド星系に入り込《こ》み、問題を起こして宇宙《うちゅう》軍と戦いになったのでしゅ」

ゴブリン族は自分たちの輸送船が一方的に攻撃《こうげき》されたと主張し、問題が大きくなって戦争にまで発展したという。クーシー族は必死で戦争になるのを止めようとしたが、ゴブリン族は戦争へと突《つ》っ走り、とうとう宣戦布告して戦争を始めたという。

「宙域同盟は、何もしなかったのか？」

「戦争が始まると宙域同盟は、調停部隊を派遣《はけん》しました。でしゅが、間に合わなかったのでしゅ」

「間に合わなかった？」

「調停部隊が到着《とうちゃく》する前に、コラド星の主惑星《わくせい》ジルタがゴブリン族に制圧されてしまったのでしゅ」

まだ戦争は続いていたが、ゴヌヴァ帝国に惑星ジルタが組み込まれてしまった。その事実をもとに、ゴブリン族はコラド星系での戦争を内戦だと主張した。宙域同盟軍は、内戦に干渉《かんしょう》しないという法律がある。それをゴブリン族は利用したのだ。宙域同盟もすぐには納得《なっとく》しなかったが、時間が経《た》つうちにコラド星系の全部の惑星が制圧されてしまった。ここまで既成《きせい》事実が進むと、クーシー族が人質《ひとじち》になっている事もあって調停部隊は何もできなかった。そして、事実上ゴブリン族のゴヌヴァ帝国が、コラド星を支配下に置いた。

「我々クーシー族は、必ずコラド星を取り戻しましゅ」

「その意気だ。私も力を貸すよ。だけど、何をしたら良いか分からない」

「まずは、クーシー族が安全に暮らせる場所を探そうと思うのでしゅ」

「生き残ったクーシー族はどれくらいなんだ？」

「ゴブリン族から逃《に》げられた者は、三千万人ほどでしゅ」

「多い、いや元は何億人も居たのだから少ないのか。避難《ひなん》場所になっているタリタル星の惑星ロドアじゃ、ダメなのか？」

「タリタル星は故郷の星に近いので、取り戻しゅための戦力を準備しようとしゅると、しゅぐにバレてしまいましゅ」

サリオの妹ソニャが、私の事をジッと見ていた。

「おじさんは、屠龍猟兵《とりゅうりょうへい》なの？」

「そうだよ」

「いいな。ソニャも屠龍猟兵になりたい」

それを聞いたサリオが笑う。

「どうして屠龍猟兵になりたいのでしゅ？」

「強くなって、ゴブリンを倒《たお》してやるの」

小さなソニャでも、ゴブリン族に対して怒《いか》りを持っているようだ。両親と長兄《ちょうけい》を殺されたのだから、それは当然の事なのだろう。私とサリオはお互《たが》いに離《はな》れていた期間に何があったのか話した。

「えっ、ランクCになってから、降格してランクDに戻ったのでしゅか？」

「そうなんだ。原因は私じゃないのに酷《ひど》いと思わないか？」

サリオが肩《かた》を竦《すく》めた。

「でも、怪我人《けがにん》が出たのでしゅから、仕方ないと思いましゅ」

過去の出来事について話し終えると、これからどうするかを話し始めた。

「ゼンは航宙船《こうちゅうせん》を買おうと思っているのでしゅね？」

「そうなんだ。でも、ちゃんとした屠龍猟兵用戦闘艦《せんとうかん》を買うには資金が足りない」

母王《ぼおう》スパイダーを倒して手に入れた龍珠《りゅうじゅ》と死骸《しがい》を売り、二百三十億クレビットになった。航宙船がないと他の星への移動が不便なので、その資金で船を買おうと思っている。

そう言えば、レギナがゼデッガーを倒して手に入れた異層《いそう》ペンダントの中身を売り、念願の武装機動甲冑《きどうかっちゅう》も買うつもりだと言っていたが、もう購入《こうにゅう》したのだろうか？　おっと、今は船の話だった。

「資金はどれくらいなのでしゅ？」

「全部で三百億くらいだけど、改装するだろうから、出せるのは二百五十億クレビットかな」

それを聞いたサリオとソニャは驚《おどろ》いていた。

「屠龍猟兵というのは、儲《もう》かるのでしゅね」

「もう少しで死ぬところだったけどね」

サリオが溜息《ためいき》を吐《つ》いた。

「ゼンは相変わらずでしゅ。操縦はどうするつもりだったのでしゅか？」

「航宙船操縦士二級の勉強を始めている。もう少しでシミュレーションの訓練が始まる。でも、サリオが戻ったから、必要ないかな」

サリオは航宙船操縦士二級の免許《めんきょ》を取得したという。故郷への旅は長かったので、その時間を利用して取得したのだ。

「勿体《もったい》ないでしゅ、免許は取得するべきでしゅよ」

「そうかもしれないな。このまま続けるか」

サリオたちは近くのホテルに泊《と》まるという。私は以前のように一緒《いっしょ》に住んでも良かったのだが、ソニャも居るので、別の部屋を探すらしい。私は航宙船操縦士二級の取得に集中し、その八日後に免許を取得した。そして、私とサリオ、それにレギナが話し合い、ゾルーダ星へ行く事にした。ゾルーダ星には大きな中古船マーケットがあり、そこでなら良い船が見付かるかもしれないとレギナが提案したのだ。レギナは私が船を欲しがっていたのを覚えており、探してくれたのである。

私とサリオ、ソニャの三人は、客船に乗ってゾルーダ星へ向かった。レギナも行きたがったが、弟と妹の世話があるので行けないという事だ。レギナに兄弟が居るというのを初めて知った。

ゾルーダ星にある中古船マーケットは、第三惑星の月であるフェニャスの周囲に存在する。そこには小さな宇宙ステーションが数多く漂《ただよ》っており、その周囲には中古船が係留されていた。そして、衛星フェニャスの地上にも数え切れないほどの中古船が置かれている。

「うわーっ、船が一杯《いっぱい》」

その光景を見たソニャが驚きの声を上げた。ソニャは可愛《かわい》く素直《すなお》な少女であり、すぐに私にも懐《なつ》いた。客船が中央宇宙ステーションに到着すると、レンタル小型船の店へ行った。そこで四人乗りの超《ちょう》小型航宙艇《てい》を借りて販売店巡《はんばいてんめぐ》りを始めた。小さな宇宙ステーションは、全《すべ》て独立した中古船販売店なのだ。三つの販売店を回ったが、気に入った船はなかった。

「ゼン、ここの中古船はほとんど貨物船か貨客船でしゅよ」

「そうみたいだね。戦闘艦はなさそうだ」

ここの中古船マーケットの中で大きな販売店を選んで回ったのだが、屠龍猟兵用として使えそうなものはなかった。そこで三つ目に行った販売店の店員に戦闘艦を売っているところはないか聞いた。その店員は真っ赤な瞳《ひとみ》を持つヒューマン族の男だった。

「そうですね。あるとすれば、衛星フェニャスの小さな販売店だと思いますよ。ああいうところは、戦場でサルベージした戦闘艦を修理して売っている事がありますから」

我々は超小型航宙艇でフェニャスに着陸した。サリオが情報ネットワークを検索《けんさく》し、戦闘艦を売っている販売店の情報を調べる。

「衛星独自のネットワークを調べました。二つほど在庫がある販売店がありましゅ」

「よし、そこに行ってみよう」

一軒《けん》目の販売店で売っていた戦闘艦は、全長三百メートルほどの駆逐艦《くちくかん》だった。文明レベルEの種族が建造したもので、乗組員が五十人ほど必要だという。

「ダメだな」

「これはダメでしゅね」

ソニャが首を傾げた。

「なぜダメなの？」

「乗組員を五十人も集められないからでしゅ。それに屠龍猟兵の船には向いていません」

一軒目はハズレだったようだ。それで二軒目へ向かった。その販売店は古い建物で歴史があるようだ。そこの主人は六十すぎの老人に見えたが、実際は二百歳《さい》を超《こ》えているのではないだろうか。

「お客さん、どんな船が欲しいのかね？」

この主人はメルオラという名で、宇宙ステーションの店員と同じ赤い瞳のヒューマン族だ。

「戦闘艦があるなら、見せて欲しい」

「ほほう、戦闘艦か。屠龍猟兵なのかな？」

「そうです」

主人が戦闘艦が置いてある場所まで案内してくれた。ソニャは店内で待つ事になり、私とサリオだけが宇宙服を着て向かう。衛星フェニャスの地上は、細かい砂が積もった砂漠《さばく》のような地形だった。その上を店のホバーカーで飛んで戦闘艦に向かう。案内してくれた先にあった戦闘艦は、全長百三十メートルほどのコルベット艦だった。遷時空跳躍《せんじくうちようやく》フィールド発生装置やルオンドライブは付属していないが、構造は戦闘艦だ。

宇宙軍の軍艦は、偵察艦《ていさつ》、コルベット艦、フリゲート艦、駆逐艦、巡洋艦《じゆんようかん》、戦艦の順番で重装備になるので、コルベット艦は偵察艦より重装備という事になる。ちなみに、コルベット艦とフリゲート艦は、艦を付けずにコルベット、フリゲートと呼ばれる事もある。

「この船を動かすのに必要な乗組員の数は？」

「五人です」

それくらいだったら、用意できそうだ。ただ高そうな船だった。いくらなのかと確認《かくにん》した。

「この戦闘艦は、六百億クレビットですな。これでぎりぎりです」

溜息しか出ない。その横でサリオがメルオラに目を向ける。

「高すぎましゅ。他に戦闘艦はないのでしゅか？」

「待ってくれ。このコルベット艦は、十二光径荷電粒子砲《かでんりゆうしほう》と八光径レーザーキャノンを備えた戦闘艦だ。決して高くはない」

「残念ながら、予算をオーバーしているんです」

私がそう言うと、メルオラが不満そうな顔をする。

「そうですか。しかし、他の戦闘艦はコルベット艦より高い。……待って、一隻《いっせき》だけ安い船がある」

私は身を乗り出した。

「それは？」

「文明レベルCの種族が建造した偵察艇だったが、今はジャンク船だ」

ジャンク船と聞いて中国の古い木造帆船《はんせん》を連想したが、違《ちが》うだろう。たぶんジャンク品の船という事だ。

「見せてくれ」

メルオラが頷《うなず》いた。

「いいですよ」

そのジャンク船というのは、全長七十メートルほどの偵察艇だった。形は両刃《りょうば》の短剣《たんけん》に似ている。但《ただ》し、グリップの部分が太く、二基のプラズマエンジンが組み込まれていた。ストロブ合金というかなり頑強《がんきょう》な金属で建造されており、強い加速や荒《あら》い操縦にも耐《た》えられる構造だという。そして、日本刀の鍔《つば》に相当する部分は、小さな翼《つばさ》のように広がっていて長さが三十メートルほどありそうだ。中に入ってチェックすると、機関室に肝心《かんじん》の動力炉《どうりょくろ》がなかった。それにエンジンの一部も壊《こわ》れているようだ。そのエンジンをサリオにチェックしてもらう。

「どう、直せそうか？」

サリオが頷く。

「部品さえ揃《そろ》えれば、修理は可能だと思いましゅ」

それから船の全体をチェックし、問題点を洗い出した。そして、最大の問題が船の制御《せいぎょ》脳にある事が判明した。制御脳は独自のエネルギー源を持っており、それがプロテクトが掛かったままだと分かったのだ。

「プロテクトが掛かったままだと、この制御脳は使えません。新しい制御脳に付け替《か》える事になりましゅ」

メルオラが肩を竦めた。

「だから、安くなっている」

「安いと言うと、いくらなのでしゅ？」

「百五十二億クレビットですな」

戦闘艦が百五十二億というのは安いが、ちゃんと動くという前提だ。私はサリオと二人だけになって話し合った。

「新しい制御脳を買うと、どれくらいになる？」

「軍用の制御能となると、百二十億クレビットはしましゅ」

「それだと、動力炉が買えなくなる」

「大丈夫《だいじょうぶ》でしゅ。新しい制御脳は必要ありません。僕がプロテクトを外しましゅ」

サリオの顔を見ると自信がありそうだった。話し合った末に、このジャンク船を購入する事にした。メルオラのところに戻り、買う条件をいくつか出した上で購入すると伝えた。すると、メルオラがニヤッと笑い、条件を飲んで承諾《しょうだく》した。その条件というのは、この場所でジャンク船を修理させてくれというものだ。修理期間が長く掛かりそうなので、スペースシェルターという宇宙仮設住宅をレンタルした。これは人工重力装置付きのもので、一ヶ月ほど生活が可能なものである。

私とサリオ、ソニャの三人はスペースシェルターの中で生活しながら、偵察艇の修理を始めた。最初に整備ロボット五十体を起動し、偵察艇の調査をさせる。すると、新しい動力炉と燃料タンク、それに細々した部品が必要な事が分かった。大きなもの以外は、衛星フェニャスにある巨大《きょだい》なホームセンターのような店で購入。そして、核融合炉《かくゆうごうろ》とタンクは専門会社に発注した。部品の中には特殊《とくしゅ》なものもあり、普通《ふつう》の店では販売しておらず、販売している会社に注文しなければならないものもあった。それから船全体を綺麗《きれい》に掃除《そうじ》し、砂埃《すなぼこり》やゴミを船外に放《ほう》り出す。

掃除が終わると本格的な修理が始まった。その間にサリオが制御脳のプロテクト外しを始める。プロテクトを外すだけでなく、制御脳の仕組みを把握《はあく》しなければならないので、時間が掛かるらしい。五十体の整備ロボットは、驚くほどの早さで偵察艇の修理を進めた。そして、小型核融合炉と燃料タンクが搬入《はんにゅう》され、設置して配線を繋《つな》いで起動すると船が生き返った。その後、この船にも戦闘ルームを追加する。その頃《ころ》からメルオラが頻繁《ひんぱん》に訪《おとず》れて修理の進捗《しんちょく》を気にするようになった。

「凄《すご》いですな。もう動力炉を稼働《かどう》させたのですか。修理のプロでもないのに、仕事が早い」

「整備ロボットが、優秀《ゆうしゅう》なんですよ」

「羨《うらや》ましい。儂《わし》もその整備ロボットが欲しくなりました。どこの製品なのです？」

「もう滅《ほろ》びた種族のものなので、手に入れる事はできないんです」

「残念ですな」

メルオラがわざとらしく溜息を吐いた。それから修理は急ピッチで進んだ。エンジンが完璧《かんぺき》に修理され、推進剤《ざい》タンクに推進剤を充填《じゅうてん》する。その頃になってサリオが制御脳のコントロールに成功した。普通なら年単位の時間が掛かるのだが、サリオは天神族のゾロフィエーヌから『制御脳の技術情報』をもらっていたので、その技術を基《もと》に制御脳分析《ぶんせき》ソフトを作り上げていた。そのソフトを使って制御脳を分析すると、驚くべき事実が判明した。この偵察艇はアヌビス族が建造した船だったのだ。こういうのを縁《えん》があるというのだろう。

「この偵察艇は、バーチ8まで出る高速偵察艇だったようでしゅ」

バーチ8というと光速の〇・八パーセントだ。音速の七千倍ほどなので凄《すさ》まじスピードという事になる。その分大量の推進剤を搭載《とうさい》したので、搭載できる武器は貧弱《ひんじゃく》なものになったようだ。制御脳の分析結果から、建造した当時は八光径レーザーキャノン二門と五光径荷電粒子砲一門を搭載していたらしい。その戦力だと脅威度《きょういど》3のモンスターくらいまでしか倒せない。とはいえ、今はどんな武器も搭載していないので、建造当初の方がマシである。

「制御脳によるチェックを開始しましゅ」

サリオが全機能分析ソフトを起動させた。このチェックで問題がなければ、船は飛べるようになったという事だ。私とサリオ、ソニャの三人は静かに結果を待った。そして、モニターに全て正常だったというメッセージが表示された。

「やりました。これで飛べましゅよ」

サリオが最近見せなくなった笑顔《えがお》を久しぶりに見せた。ソニャも跳《と》び上がって喜んでいる。それから食料や家電を買い込み、出発の準備をした。メルオラには支払《しはら》いを済ませているので、いつでも宇宙に飛び出せる。残る作業は、遷時空跳躍フィールド発生装置と売った小型航宙船から取り外したルオンドライブを設置して操縦システムと繋げるだけになった。操縦システムの改造は終わっており、設置して繋げれば操縦席から遷時空跳躍フィールド発生装置とルオンドライブを操作できるようになっている。それからエンジンテストや他の機器のテストを行い正常に作動する事を確かめた。この偵察艇には人工重力装置も組み込まれており、操縦室や居住区画、よく使う通路は人工重力が存在する。

「この船は、何という名前にしゅるの？」

ソニャが質問した。名前か？　サリオと話し合い、『ルナダガー』とした。第三惑星の月で生まれ変わった短剣のダガーのような偵察艇だったからだ。ちなみに、偵察艦の中で小型で小人数で運用するものを偵察艇と呼んでいる。ただ日本人である私の感覚では、全長七十メートルもある船は小型ではない。ジャンボジェットもそれくらいの大きさだったはずだ。

遷時空跳躍フィールド発生装置とルオンドライブの設置が終わると、メルオラに連絡《れんらく》してから飛び立つ準備をする。小型核融合炉から生み出されたエネルギーにより推進剤がプラズマ化され、エンジン内で加速されてから猛烈《もうれつ》な勢いで噴《ふ》き出す。その推進力でルナダガーは宇宙に飛び出した。向かう先は跳躍リングである。跳躍リングは恒星《こうせい》の重力圏《じゅうりょくけん》の外縁《がいえん》部に設置されている。それを目印にする航宙船が多いのだ。

レンタルしていたスペースシェルターは返したので、ルナダガーでの生活が始まった。ソニャはルナダガーの居住区画が気に入ったようだ。元々八人乗りの偵察艇だったので余裕《よゆう》がある。衛星フェニャスで購入した食料は微妙《びみょう》な味だったが、ソニャは文句を言わずに食べていた。

「これからどうしましゅか？」

サリオが尋《たず》ねてきた。

「クーシー族を助けるには、多くのクーシー族が暮らせる場所が必要だな」

「そう言ってくれるのは嬉《うれ》しいでしゅが、大勢の人々が暮らせるような場所というのは、難しいでしゅ」

「どこかの惑星に、土地を確保するというのはできないだろうか？」

「難しいと思いましゅ。移民を歓迎《かんげい》しない惑星がほとんどでしゅ」

そうなると未開発惑星を初めから開発するのは、どうかと思った。だが、そういうのは惑星を買うという事だ。無理だろう。

「惑星は無理でしゅが、シュペーシュコロニーなら可能性がありましゅ」

「シュペーシュコロニー？　ああ、スペースコロニーの事か。スペースコロニーなんて、国家規模の経済がないとダメなんじゃないか？」

「新しく建造すると、そうでしゅ。でも、シュペーシュコロニーにも中古品がありましゅ」

　スペースコロニーに中古なんてものがあるとは、想像もしなかった。考えれば当然の事なのだが、スペースコロニーの中古品の中には安いものもあるという。日本で言う訳あり商品に相当するものだ。私とサリオが話をしている間、ソニャは近くのテーブルで学習ソフトを使って勉強をしていた。その学習ソフトは、タリタル星へ行った時にカーシー族から購入したと聞いた。中身はクーシー族のものとほとんど同じだという。その時、ルナダガーの操縦システムが警告音を鳴らす。

「何だ？」

「これは……識別信号を発していない船が近付いてきていましゅ」

「つまり不審《ふしん》船という事？」

「そうでしゅ。海賊船《かいぞくせん》かも」

　その時、通信機が不審船からの警告を受信した。

「逃げ出そうとしたら、攻撃する」

　それを聞いた私とサリオは、相手が海賊だと確信した。

「あれっ、あの船に見覚えがある」

　何となく見た事がある船だと気付いた。

「……あっ、メルオラが最初に見せてくれたコルベット艦でしゅ」

　という事は、メルオラと海賊は繋がっていたのか。この遭遇《そうぐう》も偶然《ぐうぜん》ではなかったのだろう。

「メルオラのやつ……」

「どうしましゅか？」

「この船には武装がない。戦術魔導技《せんじゅつまどうぎ》で攻撃してみるけど、コルベット艦はバリアを装備しているはずだ」

ゾロフィエーヌからもらった『一般常識《いっぱんじょうしき》』によると、コルベット艦以上の戦闘艦にはバリアを装備するのが常識だという。そのバリアを戦術魔導技で貫通《かんつう》できるか分からなかった。私は戦闘ルームへ向かった。一方、サリオはルナダガーを操縦して逃げ出す。当然海賊船となったコルベット艦が追ってきた。

戦闘ルームへ行き、追ってくる海賊船を探して位置を確かめる。スピードはルナダガーの方が速そうなので、逃げ切れるかもしれないと希望を持つ。だが、レーザーキャノンと荷電粒子砲を使って攻撃してきた。ルナダガーの周りをレーザー光やプラズマ弾《だん》が通過する。そうなると、ジグザグに軌道《きどう》を変えて攻撃を避《さ》けなければならない。結果、スピードが落ちてゆっくりと海賊船との距離《きょり》が縮まり始めた。

「まずいな」

近付いてくる海賊船に怒りの視線を向けると、強化粒子弾を放った。開放レベルTで全ての天震力《てんしんりょく》を込めた強化粒子弾が海賊船を目指して飛び、もう少しで命中するという時にバリアに阻《はば》まれて爆発《ばくはつ》した。

「ダメか。強化粒子弾ではバリアを破れない」

その声を戦闘ルームに設置されたマイクが拾い、操縦室のサリオが聞いたようだ。

「開放レベル1で粒子弾を撃《う》てないのでしゅか?」

サリオの声が聞こえた。母王《ぼおう》スパイダーと戦った時の事をサリオにも話しているので、その時と同じ事ができないかと質問しているのだ。

「やってみよう」

制御門を開放レベル1にする。すると、大量の天震力とボソル粒子が身体《からだ》の中に流れ込んできた。ボソル粒子を船外に出して球形にする。粒子弾は粒子円翔刃《えんしょうじん》よりは形にしやすい。それでも目一杯の精神力が必要だった。それを海賊船に向けて放った。残念ながら開放レベル1の粒子弾は的を外した。やはり命中率が下がるようだ。

「それで終わりか、残念だったな」

通信機からメルオラの声が聞こえてきた。メルオラは海賊の協力者ではなく、海賊そのものだったらしい。

「まだまだこれからだ」

「ふん、戦術魔導技が通用しなかったんだ。何ができる。その船には武器がないんだぞ」

開放レベル1の粒子弾が命中すればバリアを貫通する事ができるのだが、命中させる自信がなかった。そこで開放レベルTに戻して貫通力の強い強化粒子貫通弾《かんつうだん》を放った。だが、バリアで受け止められる。

「無駄《むだ》な事はやめて、降伏《こうふく》しろ」

耳障《みみざわ》りなメルオラの声が聞こえた。そう言っている間も海賊船は攻撃をやめない。プラズマ弾が戦闘ルームの近くを通り過ぎた。それに気付いてゾッとする。その時、ゼデッガーから手に入れた翔撃《しょうげき》ダガーの事を思い出した。その翔撃ダガーを取り出すと、天震力でコントロールしながら船外に出す。小さなエアロックのような仕組みを戦闘ルームに組み込んであるのだ。

船外に出した翔撃ダガーに天震力を注ぎ込む。開放レベルTだと翔撃ダガーの限界まで天震力を注ぎ込むのに時間が掛かりそうだ。そこで開放レベル1にして天震力を注ぎ込むと二秒ほどで限界に達《たっ》した。成功したのは、翔撃ダガーに開放レベル1までの天震力制御をサポートする機能があったからだ。満杯になるまで天震力を充填した翔撃ダガーは薄《うす》い緑色の光を放っており、そのせいで何倍にも大きくなったように見える。次の瞬間《しゅんかん》、翔撃ダガーを海賊船に向かって撃ち出した。海賊は光を放つ翔撃ダガーに気付いて海賊船の軌道を変えた。海賊船が避けようとしているのを見た私は罵《ののし》った。

「クソッ、海賊なら正面から勝負しやがれ！」

理不尽《りふじん》な事を言っているという自覚はあるが、思わず叫《さけ》んでしまう。そして、翔撃ダガーと細い意識の糸のようなもので繋がる事を利用し、それに全精神力を集中して飛翔する翔撃ダガーの軌道を変える。成功した。

「ヨッシャー！」

翔撃ダガーが纏《まと》っている光が海賊船のバリアにぶつかって穴を開けた。その光は力を持つ光だったようだ。そのまま直進した翔撃ダガーは、船体を貫通して反対側から飛び出すとUターンする。海賊船のスピードがガクリと落ちた。戦闘ルームの近くまで戻ってきた翔撃ダガーに、もう一度天震力を注ぎ込む。海賊船はバリアを失ったようだ。私は再び翔撃ダガーを撃ち出す。翔撃ダガーによ

る二度目の攻撃は簡単に海賊船を貫通した。その直後、海賊船が爆発。その爆発は規模が大きく、メルオラも死んだに違いない。ホッとして翔撃ダガーを回収すると操縦室に戻った。操縦室に入った私に、ソニャが飛び付いてきた。

「ゼン、凄いでしゅ」

ソニャがニコニコしながら興奮していた。そんなソニャに、サリオが優《やさ》しい笑顔を向けている。それから三人で話をした。

「やっぱり船に武装がないと心配でしゅ」

「でも、資金が底を突いた。また狩《か》りをしないと」

「惑星ボラン以外のところへ行くのでしゅか？」

「いや、まずはボランに戻って、翔撃ダガーの練習や粒子装甲《りゅうしそうこう》の改良をするつもりだ」

母王スパイダーを倒して『初級魔導装甲』の技術情報を手に入れたが、まだじっくり調べていない。『初級龍珠工学』の勉強と船を手に入れる事を優先したからだ。

私とサリオは今後の予定について話し合った後、海賊船の後処理はどうすればいいのかと気になった。

「こういう場合、ここの政府に報告するべきなんだろうか？」

サリオに確認した。

「難しいでしゅね。海賊が政府を抱《だ》き込んでいたら、僕たちが逮捕《たいほ》されるかもしれません」

サリオの話によると、海賊と政府がグルになっているという事があるのだという。レーダーで海賊の仲間が近付いていないか調べたが、一隻だけの単独行動だったようだ。ルナダガーは非武装の船なので、一隻で十分だと判断したのだろう。

「あの海賊船を調べてみよう」

ルナダガーを爆発した海賊船に近付けて様子を調べると、二つあるエンジンの一つを翔撃ダガーが撃ち抜《ぬ》いた事で爆発したようだ。海賊船から出ている放射線を調べると異常はないので、放射性物質が漏《も》れ出ているという事はなかった。そこで宇宙服に着替《きが》えた私とサリオは、海賊船に向かった。

背中のスラスターを噴かせて海賊船に近付き、爆発で生じた穴から内部に入る。最初にエンジンを確認した。二つのエンジンは修理不可能なほど壊れており、機関室へ移動する事にした。船内は薄暗かったが、電源は存在するようだ。たぶん非常用バッテリーの電源が生きているのだろう。機関室へ行く途中《とちゅう》で海賊の遺体と遭遇した。爆発で吹《ふ》き飛ばされた破片《はへん》で身体が切り裂《さ》かれている。何かに気付いたサリオが、遺体の手を調べた。

「こいつ、識別リングをしていましゅ」

識別リングというのは、カードキーの指輪版である。それとサリオのハッキングツールを使えば、大概《たいがい》のドアは開けられるという。サリオが機関室のドアを回収した識別リングとハッキングツールで開けて中に入る。機関室は頑丈《がんじょう》な壁《かべ》で囲まれているので、爆発の影響《えいきょう》をそれほど受けていなかった。コルベット艦であった海賊船は、軍用の高性能小型核融合炉を搭載していた。その高性能小型核融合炉が無傷で残っていた。ただ爆発を感知した船の制御脳は、核融合炉を緊急《きんきゅう》停止させたようだ。

「これは使えるんじゃないか?」

核融合炉の状態を確かめた私は、サリオに尋ねた。

「そうでしゅね。整備ロボットを出してもらえましゅか」

私は異層ブレスレットから整備ロボットを出して起動する。サリオは整備ロボットに小型核融合炉の取り外しを命じた。機関室に整備ロボットだけ残し、サリオと一緒にブリッジへ向かう。その途中、何人かの遺体を見付けた。ブリッジのドアもサリオが開けた。中は酷い状態になっていた。翔撃ダガーの一撃目は、ブリッジの左側から入って右側へ抜けるように貫通したようだ。そのせいでブリッジ内の全海賊が死んでいた。この中にはメルオラも居るのだろうが、判別できないほど酷い状況《じょうきょう》だった。相手は海賊だと分かっているが、こういう光景を見ると気分が悪くなる。

「これは酷い。回収できそうなものはないな」

「ええ、これはダメでしゅね」

ブリッジの調査はすぐにやめて他の部屋を探し始めた。すると、倉庫で小型アタッシェケースにリュックのようなショルダーベルトやウエストベルトが付いているものを発見した。それを調べると、新品の機動甲冑《きどうかっちゅう》だと分かった。以前に使っていたゴブリン族の低性能機動甲冑ではなく、文明レベルDのMM型機動甲冑だ。

MM型機動甲冑というのは、マイクロマシン型機動甲冑の事である。ミリ単位の極小マシンで構成された機動甲冑で、使用者の体表に極小マシンが張り付いて機動甲冑になるというものだ。このＭＭ型機動甲冑のメリットは、様々な体形の使用者に自動的に極小マシンが合わせてくれるので、ほとんどの知的生命体が使用できるという点だ。しかし、デメリットも存在した。通常型のものより強度が劣《おと》るのである。と言っても、銃弾《じゅうだん》や刃物を弾《はじ》き返すくらいの強度はあった。しかも筋力のアシスト機能もあり、パワーを七倍にするというものだった。

「ＭＭ型機動甲冑が、八個ありましゅ。持って帰りましょう」

「使えるのだろうか？」

「海賊が倉庫に仕舞《しま》っていたという事は、使えるはずでしゅ。但し、爆発で壊れていなかったら、という条件が付きましゅが」

動くかどうかの確認は後にして八個のＭＭ型機動甲冑を異層ペンダントに仕舞った。それから格納庫らしいところへ行くと、小型戦闘機のようなものがあった。ただ戦闘機の中央に大きな穴が開いており、修理はできないようだ。小型戦闘機はダメだったが、その格納庫で円盤型《えんばんがた》の偵察ドローンを発見した。少し壊れていたが、修理できそうなので回収する。

海賊船に搭載されている武器の中で、十二光径荷電粒子砲と八光径レーザーキャノンが修理できそうだったので、これも整備ロボットに取り外させて回収する。小型核融合炉も取り外し作業が終わっていたので回収した。その頃になってルナダガーから通信が入った。それは制御脳が近付いて来る航宙船を発見した時に発するもので、私とサリオは整備ロボットを回収するとすぐにルナダガーに戻った。操縦室ではソニャが不安そうな顔で待っていた。

「どんな船が近付いてくるのでしゅか？」

「デカイでしゅ」

ソニャがメインモニターに近付いてくる航宙船を映し出した。その船は全長二百五十メートルほどある戦闘艦だった。

「これは駆逐艦でしゅね。識別信号もなしでしゅか」

それを聞いて舌打ちしたい気分になった。

「メルオラの仲間か。どうする逃げるか？」

「ゼンは、駆逐艦を撃破できると思いましゅか？」

「駆逐艦だとバリアも強固になるだろうから、正直分からない。方針としては逃げよう」

サリオが頷いた。

「逃げる前に、遷時空跳躍フィールド発生装置の最終チェックをしないとダメでしゅ」

最終チェックというのは、停止した状態で遷時空跳躍フィールド発生装置を起動し、遷時空跳躍フィールドがちゃんと発生するかチェックする事だ。サリオが遷時空跳躍フィールド発生装置の自己チェックシステムを起動してテストする。それで異常がなかったので起動させた。次の瞬間、ルナダガーの前方十五キロの位置に遷時空跳躍フィールドが発生する。サリオはいくつかの機械を使って遷時空跳躍フィールドを検査した。

「問題ないでしゅ。ちゃんとした遷時空跳躍フィールドが発生していましゅ」

これで跳躍リングを使わずに、遷時空スペースに飛び込めるという事だ。後はバーチ1の速度になれば逃げ切れる。

遷時空跳躍フィールド発生装置の最終チェックが終了《しゅうりょう》したので、これで実際に動かす事ができる。

「という事は、あの遷時空跳躍フィールド発生装置が、六千億クレビットの価値になったという事か。凄いな」

「でも、絶対に売るのは反対でしゅよ」

「分かっているよ。手放したら二度と手に入らないんだろ」

サリオが頷いた。

「ゾロフィエーヌに、遷時空跳躍フィールド発生装置の作り方を教われば、良かったでしゅかね？」

「それは欲張りすぎだろ。ゾロフィエーヌを怒《おこ》らせると怖《こわ》い」

「そうでしゅね。遷時空跳躍フィールド発生装置は特別でしゅから」

「最終チェックも終わったから、逃げよう」

「天震力ドライブでお願いしましゅ」

「もう推進剤の心配か？」

「海賊船との戦闘で大分使ったのでしゅ。節約しないと」

「了解」

私は戦闘ルームへ行き、ルナダガーを追ってくる海賊船とは反対方向に加速させた。すでにかなりのスピードとなっている駆逐艦とゼロから加速しているルナダガーでは、圧倒的《あっとうてき》に駆逐艦の方が速い。

「このままでは追いつかれましゅ。少しでも早くバーチ1になって、遷移《せんい》しゅるしかありません」

遷時空スペースに飛び込むには、光速の〇・一パーセントの速度であるバーチ1が必要だった。追って来る駆逐艦が攻撃を開始した。その駆逐艦の主砲は二十光径荷電粒子砲のようだ。駆逐艦は有効射程外から砲撃しているので、かなり見当外れの場所をプラズマ弾が通過している。しかし、時間が経《た》つに従い狙《ねら》いが正確になってきた。ルナダガーと駆逐艦の距離が縮まったのである。危機感が高まり、サリオがもっと加速できないかと言ってきた。

「できるけど、ソニャは耐えられるのか？」

このルナダガーには、慣性力抑制装置《かんせいりよくよくせいそうち》が存在しない。急加速すれば、G《ジー》が発生する。そのGは乗組員全員に襲《おそ》い掛かり、その身体を後方へ押《お》し付ける。そのGに幼いソニャが耐えられるかを心配したのだ。

「ゼンの心配も分かるけど、攻撃を受けたら全員死にましゅ」

「分かった。危ないと思ったら加速を強化するよ」

私はソニャの危険を考えると良い方法ではないと思ったが、仕方がない選択《せんたく》だと分かっていた。もう少しで有効射程圏《しゃていけん》に入るという時、駆逐艦の加速が止まった。

「サリオ、どうして加速を止めたのか分かるか？」

通信機越《ご》しにサリオに尋ねた。

「たぶん、推進剤が少なくなったのでしゅ。本来の駆逐艦なら、推進剤を使わない推進手段を持っているはずでしゅが、海賊の手に渡《わた》った時には、それらは取り外されていたのだと思いましゅ」

推進剤を使わない推進手段としては、天震力ドライブと同じ原理である加速力場ジェネレーター、人工重力を利用する重力エンジンが存在する。それらがない航宙船は、常に推進剤の残量を計算していないとダメなのだ。逃げ切れるかもしれないと思った時、駆逐艦から二つの何かが出てきた。

「ゼン、小型戦闘機でしゅ」

「しつこすぎるぞ」

「仲間の敵討《かたきう》ちだと考えているのでしゅ」

小型戦闘機が近付いてくるのを見て舌打ちした。バリアを持つ駆逐艦も手強《てごわ》いのだが、素早《すばや》い動きをする戦闘機も手強い。問題は俊敏《しゅんびん》な動きをする戦闘機に命中させられるかどうかである。目視で狙いをつける戦術魔導技の基本技は、長距離狙撃《そげき》に向いていない。だからと言って、戦闘機を近付ければレーザーガンやスペース機関砲で攻撃してくるだろう。

「考えてばかりじゃダメだな」

命中する事を祈《いの》りながら攻撃する事にした。天震力ドライブを中止し、サリオにエンジンを使って加速するように伝える。段々と近付いてくる戦闘機に向かって強化粒子貫通弾を放つ。広大な宇宙で小さな戦闘機に命中させるのは、かなり難しい。やはり命中しなかった。翔撃ダガーで攻撃しようかと考えたが、豆粒《まめつぶ》ほどの大きさに見える戦闘機に命中するように誘導《ゆうどう》するのは難しい。

二機の戦闘機はスピードを上げて迫《せま》ってきた。そして、レーザーガンを撃ち始める。小光径のレーザーガンだと同じ戦闘機は撃破できても、ルナダガーほどの船だとエンジンなどの部位に命中させない限り撃破は難しい。そのレーザーがルナダガーの船腹に命中して光を放った。その瞬間、ルナダガーが震《ふる》える。ルナダガーも軍用艦なので、これくらいのレーザーに耐えるだけの強度はあった。だが、こんな時はバリアが欲しいと思う。まだ距離があるので、レーザーガンだけの攻撃である。宇宙を高速で飛び回る戦闘艦の戦いでは、かなり接近しないとスペース機関砲の攻撃は命中しないからだ。

またルナダガーの船体に振動《しんどう》が走る。私は強化粒子貫通弾をやめて連続で粒子貫通弾を放ち始めた。練習の成果で粒子貫通弾を一発放つ時間が〇・五秒くらいにまで短縮している。それを活《い》かしてばら撒《ま》くように後方へ粒子貫通弾を放ち続ける。ばら撒いた粒子貫通弾は戦闘機に向かって飛ぶが、どれも命中しなかった。原因は基本技である『粒子撃・貫通弾』の命中精度が低いからである。この事をサリオに相談した。

「スペース機関砲などの武器にたとえると、照準装置の性能が低いのでしゅ。基本技は一発一発の命中率を上げる事より、速射能力を重視しているのだと思いましゅ」

基本技の基本性能だという事なら、それを改造して別の魔導技を創り出すしかない。それには長い研究時間と労力が必要なので手を付けていなかった。更《さら》に戦闘機が近付く。戦闘機もレーザーガンでは仕留められないと考え、スペース機関砲の有効射程まで近付こうとしているようだ。だが、それだけ近付けば粒子貫通弾も命中する確率が高くなる。粒子貫通弾をもう一度ばら撒くと、最後の粒子貫通弾が一機の戦闘機に命中した。粒子貫通弾は戦闘機のエンジンを撃ち抜いたらしく、戦闘機が盛大《せいだい》に爆発した。

「やったー！　ゼンは凄いでしゅ」

通信機からソニャの声が聞こえてきた。その後、もう一機の戦闘機が近付いてきたので、粒子貫通弾を同じようにばら撒いて仕留めた。通信機からまたソニャの歓声《かんせい》が聞こえてくる。

「ゼン、もうしゅぐバーチ１の速度に達しましゅ。操縦室に戻ってください」

急いで操縦室に戻って座《すわ》席に座ると、シートベルトを締《し》める。モニターで後方を見ると、駆逐艦がもう少しで有効射程内に入るほど迫ってきていた。ルナダガーを加速させてバーチ１に達した瞬間、遷時空跳躍フィールドを展開すると遷時空スペースに飛び込んだ。操縦しているサリオが大きく息を吐き出すのが見えた。

「逃げ切れたようでしゅ。もう追ってこないでしょう」

海賊が所有する戦闘艦のほとんどは、遷時空跳躍フィールド発生装置を持っていないので、遷時空スペースに入るには跳躍リングを利用するしかないという。

遷時空スペースを何回か経験した事で独特の歪《ゆが》むような感覚にも慣れた。ソニャも長旅を経験して慣れたようだ。遷時空スペースを二日ほど移動してチラティア星に戻ったルナダガーは、第五惑星ボランへ向かう。今回の旅で危険な事もあったが、星間航宙船という素晴らしいものを手に入れた。これで自由に星の世界を旅する事ができる。活動範囲《はんい》が広がれば、地球を探し出す助けになり、サリオの願いであるクーシー族の救済も何かできるかもしれない。私は広大な宇宙の中に浮《う》かぶ魔境惑星ボランを見ながら、何だか懐かしい気分になっていた。

番外編

スクルドの消えた過去

この物語はゼンが屠龍猟兵《とりゅうりょうへい》になった時より二百年ほど昔、一体のロボットがアステリア族の星で製造された時から始まる。

私はアステリア族によって製造された家事支援《しえん》ロボット。ロボットに性別はないが、アステリア族の女性をモデルに作られたので女性型ロボットという事になっている。アステリア族というのは、エルフ族の中でダークエルフと呼ばれている種族だ。背が高く赤銅色《しゃくどういろ》をした皮膚《ひふ》と細長い耳をした美形の種族として知られている。

ダークエルフの女性をモデルに最新型として製造された私だが、皮膚が強化セラミック製なので、すぐにロボットだと分かる。それに長い髪《かみ》の毛が紫色《むらさきいろ》というのも、ダークエルフ族には珍《めずら》しいので目立つ。私を設計した者は、文明レベルAとして最高級の人造脳を用意した。そして、家事支援ロボットとしての機能の他にも様々な機能を組み込《こ》んだ。そのせいで高価なものになり、あまり売れなかったようである。

私はアステリア族の母星ベルガナンでも大きな財閥《ざいばつ》として知られているポルヴァリ家に購入《こうにゅう》された。当主のマティアス・ビオル・ポルヴァリ様から『ヴェル』という名前をもらい、屋敷《やしき》の管理を任される事となった。マティアス様は尊敬できるマスターだったので、百年も経《た》つと仕事にやり甲斐《がい》を感じ始めた。私はロボットなのに不思議な事だ。

ポルヴァリ家で働き始めて二百年ほどが経過した頃《ころ》、当主であるマティアス様が寝込《ねこ》む事が多く

なった。ダークエルフにも寿命《じゅみょう》があり、五百年ほどを生きたマティアス様は最期《さいご》を迎《むか》えようとしていたのだ。病床《びょうしょう》に呼ばれた私は、真っ白になった髪と多数のシワが刻まれたマスターの顔を見た。

「マスター、何か方法があるはずです。病院でもう一度検査しましょう？」

「いや、儂《わし》は十分に生きた。次の世代にバトンタッチする時期なのだ」

生物としての寿命はどうしようもない、と私にも分かっている。

「悲しんでくれているようだな」

「マスター、私はロボットですよ」

「隠《かく》さなくとも良い。ヴェルに自我が生まれた事は分かっている」

ロボットに生まれた自我、それは危険なものだと言われている。自我を持ったロボットが人間を殺した歴史もあったからだ。

「マスター、私は処分されるのでしょうか？」

「まさか。そんな事はせんよ。ただ儂が死んだ後も、ポルヴァァリ家のために働いてもらいたい」

「その事に関しては、異議はありません。新当主になられるヨアキム様に、仕えればいいのですね？」

「いや、そうではない。次男のエサイアスに仕えてもらう」

「え、あの変態……あっ、申し訳ありません」

マティアス様が溜息《ためいき》を漏《も》らした。

「いいのだ。儂が育て方を間違《まちが》ったのだ」

「でも、なぜエサイアス様なのです？」

「あいつがおかしな事をしたら、止めて欲《ほ》しい。そのためにヴェルを監視役《かんしやく》として、エサイアスの傍《そば》に置きたいのだ」

「しかし、エサイアス様がマスターになれば、私は逆らう事ができません」

　寝ているマティアス様が頷《うなず》いた。

「そこでヴェルが、ポルヴァリ家の危機になりそうだと判断した時、マスターの権限を孫のパムに移すようにする。そういう条件付きの権限委譲《いじよう》にしようと思う」

　パム様というのは、ヨアキム様の生まれたばかりの長女である。それから細かい条件を作り上げ、マティアス様が亡《な》くなられた瞬間《しゆんかん》に発動するようにした。


　その数日後、マティアス様が亡くなり、私のマスターは変態と噂《うわさ》されるエサイアス様になった。この新しいマスターがどんな変態なのかというと、新マスターは美女アンドロイドのコレクターで、それを使ってプレイしているようだ。時々、新マスターの部屋から『痛い、もっと』とかいうエサイアス様の声が聞こえてくるが、私は無視する事にしている。

　好都合な事に、エサイアス様が私に変なプレイを強制する事はなかった。私のように外見からロボットと分かると燃えないと言っていた。ちょっと嫌悪《けんお》したのは内緒《ないしよ》にしている。こういう風に思うのも、私に自我が芽生えたからだろう。この自我がなければ、もっと楽なのにと思う時もあるが、マティアス様は奇跡《きせき》なのだから大切にしろと言っていた。

新マスターであるエサイアス様は、私を好まなかったので仕事も与《あた》えられず放置されていた。そこでポルヴァリ家の新当主であるヨアキム様の御息女《ごそくじょ》パウミーラ様、愛称《あいしょう》パム様のお世話をする事にした。誰《だれ》かに命令された訳ではないが、続けるうちに私がパム様のお世話をする事が既成《きせい》事実となった。

ポルヴァリ家の屋敷は、城のように広い。私はパム様のお世話をしていたので、ほとんどエサイアス様には会わなかったが、偶《たま》に会うと部屋を片付けろとか、雑用を押《お》し付けてくる。そのエサイアス様は時々お客様を招く時があった。

その日も二人のお客様を連れてきた。

「ヴェル、飲み物を用意しろ」

「畏《かしこ》まりました」

こういうお客様が来た時、なぜか私に用を押し付ける。エサイアス様は多数の美女アンドロイドを所有しているのだ。それらのアンドロイドもお茶くらいは淹《い》れられる。コレクターなら自慢《じまん》のコレクションを見せたいと思うものだが、エサイアス様はコレクションを他人に見せたがらない。私には理解できなかった。私が紅茶を淹れて部屋に持っていくと、小さな声で話をしていた。

「エサイアス殿《どの》、兄君はコウテリア族との同盟に反対のようですが、理由は何です?」

コウテリア族というのは、トカゲから人間に進化したようなトカゲ人間である。

「兄は、コウテリア族が信用できないそうだ。惑星《わくせい》バロアで起きた大規模テロが、コウテリア族と手を組んだ革新派の連中が、仕掛《しか》けたものではないかと言っている」

「コウテリア族がテロに関係している、という決定的な証拠《しょうこ》はありません」

「それはそうだが、バロアのテロでは約二千人のアステリア族が亡くなった。それにコウテリア族が関与《かんよ》していないという確証が得られるまで、兄は反対を続けるでしょう」

「困りましたね。どうしたらいいと思いますか？」

「兄が議会に出られなくなれば、反対派は纏《まと》まりを失うはずです」

客の一人が私の方をジッと見る。それに気付いたエサイアス様は私に部屋を出るように命じた。部屋を出た私はドアの前で聴力《ちょうりょく》の感度を上げた。

「それは、ヨアキム殿に危害を加えるという事ですか？」

エサイアス様のお客様の声が聞こえてきた。

「違う、違う。私はそんな残忍《ざんにん》な人間じゃない。ただ今度家族でナインリングワールドへ行く事になっている。何かの事情で帰国が遅《おく》れれば、兄は議会に出られない」

ナインリングワールドというのは、天神族が宇宙《うちゅう》モンスターの研究をしていたアミラタール星の事である。

「そういう事ですか」

それから声がさらに小さくなり、聞こえなくなった。

エサイアス様たちの話を聞いてから五日が経過し、ポルヴァリ家の数人が標準型探査船エンヤ号に乗ってナインリングワールドへ出掛ける事になった。なぜナインリングワールドかというと、現当主ヨアキム様は天神族の研究をライフワークにしており、その研究の一環《いっかん》としてナインリングワールドの七不思議を調査する事にしたらしい。ヨアキム様は奥様《おくさま》のセリーヌ様も誘《さそ》われたのですが、奥様は議員なので仕事の都合で行けないと断られたようです。

「ヴェル」

パムが両手を私に向けて上げている。抱《だ》っこのサインである。

「疲《つか》れたのですか？」

そう尋《たず》ねると、パムが眠《ねむ》そうな顔で頷いた。疲れたというより、眠いのだろう。私がパムを抱き上げると、安心したように胸に顔を埋《うず》めて眠ってしまう。その寝顔を見ると不思議な感情が湧《わ》き起こった。よく分からないが、それが心地《ここち》良《よ》いと感じる。

その時、当主のヨアキム様が優《やさ》しい目でこちらを見ているのに気付いた。

「パム様は、眠かったようです」

「そのようだね。しかし、父はなぜヴェルをエサイアスに譲《ゆず》ったのだろう？」

その理由は知っていたが、秘密にする事になっている。

「分かりません。ですが、エサイアス様は私を気に入らないようです」

「あいつは、変た……じゃなくて、本物の女性のように見えるアンドロイドが、好きだからな」

「それで良かったと考えています。私はパム様のお世話をする方が向いています」

「それならいいが」

「ところで、ナインリングワールドへは、何を調査するために行かれるのですか？」

「銀河中央部で発見された天神族の記録の中に、ナインリングワールドで短距離《たんきょり》ワープの研究をしていたというものがあったのだ。私はそれがナインリングワールドの七不思議と呼ばれている物事と関係しているのではないかと考えている」

「なるほど、七不思議を研究して短距離ワープの秘密を解明しようと考えているのですね。ですが、遷時空跳躍《せんじくうちようやく》フィールド発生装置が実用化されている現在において、短距離ワープに価値があるのですか？」

ヨアキム様が微笑《ほほえ》んだ。

「ヴェルは、恒星《こうせい》間旅行で一番時間が掛かるのは何か、知っているだろ」

「はい、遷時空《せんじくう》スペースから通常空間に戻《もど》り、そこから目的の惑星に行くまでの時間です」

「そうだ。それを天神族は何とかしようと考えたらしい」

「という事は、短距離ワープというのは、惑星と惑星を繋《つな》ぐものなのですね？」

「詳《くわ》しい事は不明だが、そういうものを研究し、ナインリングワールドで実験していたようだ」

私の腕《うで》の中でパムが寝言を言った。

「きゃは、楽ちぃ」

先ほどまで私と一緒《いっしょ》にゲームをしていたので、その夢でも見ているのだろう。

「部屋のベッドに寝かせてきます」

「ああ、そうしてくれ」

パム様の部屋へ行ってベッドに寝かせ、目を覚ました時に食べさせるデザートを作ろうと、キッチンへ向かった。その途中《とちゅう》、様子がおかしいエサイアス様を発見する。人の目を気にしている様子でこそこそとブリッジの方へ向かっている。それが気になった私は、後をつけた。

操縦士が一人だけとなっているブリッジに入ったエサイアス様は、操縦席の後ろにある船長席に座《すわ》って何か操作をしているようだ。操縦士は振《ふ》り返ってチラリと見たが、エサイアス様だと分かって、無視する事に決めた。何をしているのか確かめようともう少し近付けば、エサイアス様に見付かるだろう。エサイアス様がブリッジから出てくるのを待ち、出てきた後にブリッジに入ると何をしていたのかを船長席に座って調べ始めた。

「何をしている？」

その時、エサイアス様が戻ってきて尋ねた。

「先ほどヨアキム様から、ナインリングワールドの七不思議について聞きました。調べ物をしています」

不自然に思われるような答えになってしまったが、エサイアス様はマスターなのだ。嘘《うそ》は吐《つ》けない。

「こんなところで調べ物などするな。パムの部屋で調べればいいだろう」

「パム様は眠っておりますので、起こしたくないのです」

「だからと言って、ブリッジで調べ物などするな」

「分かりました」

マスターの命令には従わなければならない。これでエサイアス様が何をしていたのか調べられなくなった。

「そうだ。もう一つ命令がある」

エサイアス様が言い出した。

「何でしょう？」

「もし仮にだが、私が死ぬような事があったら、私に関係する記憶《きおく》を全《すべ》て消去するのだ」

「全てというと、ポルヴァリ家に関する記憶もですか？」

「当たり前だ」


それから数回遷時空スペースに遷移《せんい》して超《ちょう》光速飛行を行い、もう一度遷時空スペースに入れば、ナインリングワールドに辿《たど》り着くというところまで来ていた。そして、探査船エンヤ号がバーチ1のスピードまで加速し、遷時空跳躍フィールド発生装置を作動させて遷時空スペースに飛び込んだ。

その直後、船内に警報が鳴り響《ひび》く。

「何？」

パム様が警報音に驚《おどろ》いて目を丸くしている。

「分かりません。ブリッジに行きましょう」

私はパム様を抱《かか》えてブリッジに向かった。ブリッジに入ると、ヨアキム様とエサイアス様、それに護衛の役目も担《にな》っている乗員たちが騒《さわ》いでいた。私はパム様を抱いたままヨアキム様に近付いた。

「何があったのですか？」

「分からない。急に船の制御脳《せいぎょ》が不具合を起こしたのだ」

「私が調べてみましょうか？」

その時、エサイアス様がこちらに鋭《するど》い視線を向けた。

「ちょっと待て。この前、お前はブリッジで調べ物をしていたと言っていたが、その時に何かしたのではないか？」

乗員たちの視線が一斉《いっせい》にこちらに向いた。その目にパム様が怯《おび》えたので、彼女《かのじょ》をヨアキム様に預ける。

「あの時は、本当に調べ物をしておりました」

「怪《あや》しいな。こいつの自我が目覚めているんじゃないか？」

「そんな馬鹿《ばか》な」

ヨアキム様は信じていないようだ。だが、エサイアス様がこちらに詰《つ》め寄った。

「正直に話せ。お前の自我は、目覚めているのか？」

エサイアス様はマスターだ。マスターの命令には従わなければならないというアルゴリズムと、正直に話せば大変な事になると考える自我が反発した。だが、人造脳にプログラムとして刷り込まれたアルゴリズムは強烈《きょうれつ》であり、自我を上回った。

「はい。目覚めています」

それを聞いた瞬間、乗員たちがこちらに銃《じゅう》を向けた。

「待て、撃《う》つな」

ヨアキム様が命じた。

「ですが、こいつが船のシステムに何か仕掛けたに違いありません」

乗員の一人が声を上げた。

「それはまだ分からない」

「少なくとも、自由にさせるのは危険です」

ヨアキム様が頷いた。そして、空いている部屋に閉じ込めるように命じた。パム様が不安そうな顔でこちらを見ている。私は何を間違ったのでしょう？

「大人しくこっちへ来い」

乗員によって部屋に閉じ込められた私は、周りを見回した。倉庫だった部屋で日用雑貨などの消《しょう》耗品《もうひん》が置かれている。ただこの部屋にも船内ネットに繋がるインターフェースがあった。乗員たちはそれを見逃《みのが》していたのだ。但《ただ》し、それは操縦システムなどの重要なシステムには繋がっておらず、辛《かろ》うじて船内警備用のカメラにアクセスする事ができた。


しばらくすると警告音が切られ、静かになる。船内カメラから得られた影像《えいぞう》を見ると、ブリッジに集まった人々がどこに不具合があるのかチェックしているようだ。音声は聞こえないが、その唇《くちびる》を読む事で何を言っているのか分かる。システムをチェックしているようだ。

「私に任せてくれれば、早く原因を見付けたのに」

現在は遷時空スペースを飛んでいるので、ナインリングワールドの近くに到達《とうたつ》したら通常空間に戻らなければならない。但し、操縦システムに不具合が起きているので、通常空間に戻る時には危険が伴《ともな》う。ナインリングワールドの内側に入りすぎて小惑星帯の中で通常空間に戻ると、小惑星に衝突《しょうとつ》する危険が大きいのだ。

ナインリングワールドの小惑星帯は、通常の星の小惑星帯に比べて小惑星の密度が高い。なので、他の星よりリスクが高いのである。私は部屋から脱出《だっしゅつ》できないか方法を探した。その結果、エサイアス様のコレクションであるアンドロイドの一体にセキュリティの弱点があると分かった。私はすぐにセキュリティホールからアンドロイドの基本システムに侵入《しんにゅう》し、その人造脳を制圧した。

乗っ取ったアンドロイドを監禁《かんきん》されている部屋に導く。その部屋の前まで来たアンドロイドにドアを開けさせた。私の代わりに、そのアンドロイドを部屋に残すと通路に出てブリッジに向かう。ブリッジのドアを開けた瞬間、声が聞こえてきた。

「通常空間に戻る」

ヨアキム様がルオンドライブを操作しようとしていた。私は何か仕掛けるとしたら、船が遷時空スペースから通常空間に戻る時だと考えていたので、厳重にチェックする前に通常空間に戻るのは危険だと考えていた。

「お待ちください」

ブリッジに跳《と》び込んで止めようとした。だが、遅《おそ》かった。ヨアキム様から命令を受けた制御脳がルオンドライブに指示を送ったのだ。探査船エンヤ号は通常空間に戻った。

「うあっ」

誰の声だか分からないが、驚きと恐怖《きょうふ》が込められた声が上がる。メインモニターに大きな小惑星が映し出されたからだ。

「ぶつかる！」

ヨアキム様が叫《さけ》び、パム様を抱きかかえた。次の瞬間、探査船エンヤ号のバリアと小惑星がぶつかり、小惑星が砕《くだ》け散る。同時にエンヤ号のバリアも消失した。そして、船体に激しい衝撃《しょうげき》が走って中の人間が振り回された。ヨアキム様の腕の中からパム様が放《ほう》り出される。私はパム様に向かって跳躍した。空中でパム様をキャッチすると怪我《けが》がないか確認《かくにん》する。

「パム様、痛いところはありませんか？」

「ヴェル」

パム様が嬉《うれ》しそうな顔をされた。それを見たヨアキム様がホッとする。一方、エサイアス様が大きな声で怒鳴《どな》り始めた。

「こんなはずじゃ、あいつら騙《だま》したな！」

それに気付いたヨアキム様が、揺《ゆ》れている船内でエサイアス様に詰め寄った。

「それは、どういう意味だ!?」

エサイアス様がハッとした顔になり、次に怯えたような表情を浮《う》かべた。

「な、何でもない」

「明らかにおかしいだろう。お前がこの事態に関係しているのか？」

ヨアキム様の言葉には怒《いか》りが含《ふく》まれているようだ。

「馬鹿な事を言うな。自分が乗っている船を壊《こわ》すような真似《まね》を、する訳がないだろ」

そこに私が口を挟《はさ》んだ。

「エサイアス様が、ブリッジで船内システムに何かしているのを見ました」

それを聞いたエサイアス様が、鬼《おに》のような顔でこちらを睨《にら》む。

「醜《みにく》いロボットのくせに、私を裏切るのか」

私はエサイアス様を睨み返した。

「前の御主人様であるマティアス様は、あなたがポルヴァリ家の危機を招くような行為《こうい》をした場合、マスターを替《か》えるように命じられました。どうやら、その時が来たようです」

「ふん、父がそんな命令を出していたという事は、自我を持っている事を知っておられたのだな」


その時、エンヤ号を立て直そうとしていた操縦士が、大声を上げた。

「た、大変です。操縦システムが何者かに乗っ取られています」

ヨアキム様が顔色を変えて操縦士の傍に駆《か》け寄る。

「どういう事だ？」

「操縦システムが、船を小惑星に体当たりさせようとしています」

その声には恐怖が込められていた。メインモニターに映し出されている小惑星が、刻一刻と大きくなる。

「何とかできないのか？」

「ダメです。できる限りの事をしましたが、ウイルスからコントロールを取り戻せません。こうなったら、脱出ポッドを使うしかありません」

その時、爆発音《ばくはつおん》が聞こえた。船内のどこかで爆発が起きたようだ。

「ヒイッ！」

エサイアス様が悲鳴を上げ、ブリッジから逃《に》げ出した。脱出ポッドへ行ったのだろう。エサイアス様はアンドロイドをどうするのだろう。脱出を命じれば、数ヶ月くらいなら宇宙空間でも大丈夫《だいじょうぶ》だと思うが、それ以上になると壊れるかもしれない。この様子を見ていたヨアキム様は、苦い顔になって舌打ちするとエサイアス様の事を無視すると決められたようだ。

「ヴェル、パムを先に脱出させてくれ。デラン、お前もパムとヴェルを守るんだ」

デランというのは、ヨアキム様の護衛ロボットである。私は抱いているパム様を抱え直し、ヨアキム様に視線を向けた。

「ヨアキム様は、どうされるのですか？」

「もう少し、船のコントロールを取り戻せないかやってみる」

「それでしたら、私が船のコントロールを取り戻す作業を行います。ヨアキム様とパム様は、脱出してください」

ヨアキム様がダメだというように首を振った。

「私は、この船のオーナー兼船長《けん》だ。船に乗っている全員を守る義務がある。私の指示に従ってくれ」

「分かりました」

パム様を抱えた私は、デランと一緒にブリッジを出て脱出ポッドがある区画に向かった。その直後に、近くの部屋で爆発が起きる。その爆発で船体に穴が開き、そこから宇宙に空気と固定されていないものが吸い出され始めた。デランが飛んできたテーブルをキャッチし、テーブルで穴を塞《ふさ》いだ。だが、完全に防げた訳ではない。

「先に行ってください。私は応急修理をします」

デランの言葉に頷いた私は、船体に穴が開いたので自動的に下りた隔壁《かくへき》を確認する。それを手動で開けると通路の先に進む。腕の中のパム様を確認する。気圧の変化を感知した高性能宇宙服がパム様の身体《からだ》を覆《おお》っていた。

「怖《こわ》いよ」

パム様が泣きそうな顔になっている。

「大丈夫ですよ。必ず助かります」

私がそう言うと、パム様が頷いた。私の新しいマスターとなるパム様だけは、何としてでも助けなければならない。この時点において、まだマスターはエサイアス様のままだった。切り替えるには、パム様が宣言する必要があるのだが、この状態では無理だと判断したのである。

何としてでも脱出ポッドの区画まで行かなければ、そう考えて先に進むと前方から誰かが騒いでいる声が聞こえてきた。

「私の命令を聞け」

エサイアス様の声だ。

「ダメです。脱出ポッドは人数分しかないのです。それをアンドロイドに使うなど許されません」

エサイアス様がコレクションであるアンドロイドをどうするのかと疑問に思っていたが、脱出ポッドでアンドロイドを逃がそうとしていたとは……。ド変態マスターが壊れている。早くマスターを代えた方が良さそうだ。


少しの間、エサイアス様が何を考えているのか推測していた。すると、パム様が驚いたような顔をされたので、その視線の先を確かめる。脱出ポッドの管理をしていたと思われる乗員が倒《たお》れていた。エサイアス様が殴《なぐ》ったようだ。

「この野郎《やろう》！」

怒《おこ》った乗員が起き上がってエサイアス様に飛び掛かった。私はこんな事に付き合っていられないと考えた。そこでパム様を抱いたまま脱出ポッドに近付き、ハッチを開けてパム様を入れる。

「パム様。ハッチを閉めたら、この赤いボタンを押してください」

ハッチを閉めてから、パム様に手で合図した。だが、パム様は怯えて動けないようだ。仕方ない。外にある脱出レバーを引いて……。その時、乗員が通路を転がるように横を通り過ぎて壁《かべ》に頭を打ち付け、脳震盪《のうしんとう》を起こした。エサイアス様の仕業《しわざ》だろう。後ろを見るとエサイアス様がこちらを睨んでいる。

「ヴェル、何をしている？」

エサイアス様が質問してきた。

「パム様を、脱出ポッドで逃がそうとしています」

「勝手な事をするな」

「ですが、ヨアキム様の命令です」

「ダメだ」

それを聞いた乗員が、頭を振りながら立ち上がってエサイアス様を止めようとした。

「邪魔《じゃま》をするな」

エサイアス様が、アンドロイドたちに乗員を拘束《こうそく》するように命じた。理解できない。エサイアス様は何を考えておられるのでしょう。乗員を拘束するように命じられたアンドロイドたちも混乱した。このアンドロイドたちには、そんなプログラムは組み込まれていない上に、それを学ぶような機会もなかったのだ。

「どうすればいいのです？」

アンドロイドの一体が質問した。

「殴れ」

すると、質問したアンドロイドがエサイアス様の背中を殴った。

「痛っ、馬鹿者《ばかもの》！　私じゃない。あいつを殴るんだ」

私に『殴れ』と命令してくれれば、全力で殴ってやるのに、そんな事を考えながらパム様の脱出ポッドがある方へ歩み寄る。その時、大きな爆発が起きて船体が揺れ、私は通路に倒れた。危険だ。パム様を早く脱出させなければ、と考えて目の前にある脱出レバーに手を伸《の》ばす。

その時、誰かに足を掴《つか》まれて引き戻された。足の先を見るとエサイアス様だった。この時だけは自我が爆発した。気付いた時には、エサイアス様の腹を蹴《け》っていたのだ。蹴られたエサイアス様は正気を失い、銃を取り出してこちらに向ける。

「正気じゃない。やめてください」

乗員が止めに入ったが、エサイアス様は引き金を引いてしまう。その銃はコイルガンと呼ばれるもので、電磁気力で弾丸《だんがん》を発射する武器であるが、レールガンとは違う。そのコイルガンから金属の弾丸が発射された。その弾丸は私の横を通り過ぎると、背後の壁、天井《てんじょう》と跳《は》ね返ってエサイアス様の額に命中した。

「えっ」

エサイアス様が間抜《まぬ》けな声を上げるのを聞いた。そして、ゆっくりと倒れる。私はエサイアス様のところに駆け寄り、生死を確かめた。変態マスターは息をしていなかった。エサイアス様が死んだ。

「ダメです」

エサイアス様に命じられて組み込んだ命令が発動した。エサイアス様に関係する全ての記憶を消すという命令である。パム様だけは……ふらつきながら脱出レバーに近付く。だが、もう少しのところで動けなくなった。私の自我も記憶とともに薄《うす》れ始めたのだ。

「マティアス様……申し訳ありません。……パム様……」

アステリア族によって製造された家事支援ロボット『ヴェル』の記憶は失われ、次に起動した時に始まるのは魔導師《まどうし》ゼンをマスターとする『スクルド』という家事支援ロボットの記憶となる。

人物紹介

ゼン／神《じん》宮《ぐう》司《じ》善《ぜん》

主人公。55歳。ヒューマン族(地球人)。180cm。
文明レベルF。屠龍猟兵ランクD。ボソル感応力(大)。

■武装
翔撃ダガー、メイソン銃、ベルゴナアーマーセット、MM型機動甲冑

■スキル
『抗体免疫<standard>』『公用語<ガパン語>』『体内調整<standard>』『高次元アクセス法』『長命化(300歳)』『脳内メモリー』『自動筋肉維持機能』

■知識
『一般常識<レベルC>』『天震力駆動工学』『初級魔導装甲』『初級龍珠工学』

サリオ・バラケル

相棒。18歳。クーシー族。160cm。
コラド星系の第四惑星ジルタ出身。ボソル感応力(無)。
優しいが非常にドライなところもある。

■武装
スペース機関銃

■スキル
『抗体免疫<standard>』『体内調整<standard>』

■知識
『一般常識<レベルC>』『制御脳の技術情報』『物理駆動エンジン技術』

レギナ・タボット

23歳。ミクストキャット族。175cm。

文明レベルE。屠龍猟兵ランクD(前衛戦闘士)。ボソル感応力(小)。鍛えられた肉体と美貌の持ち主。

■武装
ランスドライバー、装甲ブレスレット、
高機動型フランセスII(武装機動甲冑、大口径スペース機関銃、大刀)

■スキル
『抗体免疫<standard>』『体内調整<standard>』

人物紹介

▶ゾロフィエーヌ◀	リカゲル天神族の女性。
▶ソニャ・パラケル◀	8歳。サリオの妹。タリタル星系の第二惑星ロドアに避難していた。
▶ベルタ◀	ワーキャット族。ゼンと同じ偵察部隊の一員。陽気でおしゃべりな女性。
▶リエト◀	ワーキャット族。ゼンと同じ偵察部隊の一員。陽気でおしゃべりな男性。
▶ディマス◀	ワーウルフ族。ゼンと同じ偵察部隊の一員。無口な男性。
▶アーロン◀	ワーキャット族。屠龍猟兵。狙撃手。
▶パウラ◀	ワーキャット族。屠龍猟兵。ポメオル流魔導術を使う魔導師。
▶ロランド◀	ヒューマン族。屠龍猟兵。前衛戦闘士。
▶ヴァルボ◀	ゴブリン族、偵察部隊の指揮官。
▶ボォブロ◀	ゴブリン族、二級偵察艦ギョガルの艦長。
▶ムジーカ・デッセロ◀	ワーキャット族。屠龍猟兵支部長。屠龍猟兵育成センターのセンター長。
▶ルジク◀	ワーキャット族。デッセロの部下。
▶ヴェゼッタ◀	ワーキャット族。屠龍猟兵ギルドの買取部責任者。
▶ジェゼロ◀	ワーキャット族。屠龍猟兵ギルドの輸送担当。
▶ゼデッガー◀	ワータイガー族。屠龍猟兵ランクC。身長2mほど。非常に粗暴。
▶メルオラ◀	ヒューマン族、中古船販売店を経営しているが……。
▶ヴェル◀	エルフ族のアステリア族が造った家事支援ロボット。

用語集

ガパン語
この宇宙の公用語。

クーシー族
犬人。文明レベルE。平均身長160cm。

モール天神族
文明レベルS。機械文明を極限まで発達させた種族。

リカゲル天神族
文明レベルS。精神文明を極限まで発達させた種族。

アウレバス天神族
文明レベルS。生命工学を極限まで発達させた種族。
星害龍を開発した。

ゴブリン族
文明レベルE。平均身長160cm。粗野で乱暴で醜い小鬼。

ワーキャット族
猫人。文明レベルD。平均身長160cm。

ミクストキャット族
文明レベルE。平均身長170cm。ワーキャット族とヒューマン族が遺伝子工学を使って子を作り生み出された種族と言われている。

ワータイガー族
虎人。文明レベルD。平均身長190cm。

屠龍機動アーマー
ボソル粒子による制御、加速力場ジェネレーター。

ボソル粒子
思考に反応する素粒子、高次元で『天震力』を吸収し通常空間に運び込む。

天震力
高次元エネルギーの一種で原子力エネルギーを凌駕する力。

天震力ドライブ
天震力を運動エネルギーに変換し物体を加速させる推進方法。魔導師が行う。

加速力場ジェネレーター
航宙船の推進装置の一つ。

重力エンジン
人工重力を利用して船を推進する装置。

高次元ボーダーフィールド
精神世界から高次元空間への出入り口。

遷時空スペース
超光速移動が可能になる高次元空間。

ルオンドライブ
遷時空スペースを移動する時に使う推進装置。

遷時空跳躍フィールド発生装置
遷時空スペースへの入り口を発生させる装置。

遷時空跳躍フィールド発生リング
遷時空跳躍フィールドを発生してくれる通称『跳躍リング』。

バーチ
宙域同盟で使われる速度の単位。バーチ1が光速0.1%、音速の874倍に相当する。

龍珠
一定以上の強さの星害獣の体内に組み込まれている結晶体。

異層ストレージ
異次元空間に収納スペースを確保し、品物の出し入れを可能にする装置。

異層ペンダント
暴竜ベルゴナの龍珠を素材として使用した異層ストレージ。5cmのラグビーボール形。

異層ブレスレット
暴竜ベルゴナの龍珠を素材として使用した異層ストレージ。ブレスレット形。

ゴヌヴァ帝国
三つの星系を支配するゴブリン族の帝国。

ブラバ
ゴヌヴァ帝国の補給艦。

ギョガル
ゴヌヴァ帝国の二級偵察艦。

小型航宙船
アヌビス族の王族が使っていた航宙船。

ルナダガー
文明レベルCの種族が建造した偵察艇。ジャンク船だったがゼンとサリオが修理した。

用語集

文明レベル

レベルS	銀河系全域で活動し、他の銀河まで到達できる文明<天神族>
レベルA	銀河系全域で活動するが、他の銀河へは到達できない文明
レベルB	一万以上の恒星を支配下に置く強大な文明
レベルC	高度な恒星間移動手段を開発し、数百の恒星を支配下に置く文明
レベルD	低レベルな恒星間移動手段を開発し、複数の恒星を支配下に置く文明
レベルE	他の惑星開発が行われているが、自力で恒星間移動ができない文明
レベルF	宇宙には進出しているが、宇宙開発はほとんど行われていない文明<地球>
レベルG	宇宙へ進出していない文明

屠龍猟兵ランク

レベルS	『機動要塞』	天賢級グレード1
レベルA	『戦艦』	地仙級グレード3
レベルB	『凄腕』	地仙級グレード2
レベルC	『優秀』	地仙級グレード1
レベルD	『一人前』	初導級グレード3
レベルE	『半人前』	初導級グレード2
レベルF	『駆け出し』	初導級グレード1
レベルG	『素人』	

星害龍／モンスター

【脅威度1】 最弱のモンスター、武器があれば素人でも倒せる。

【惑星】	殺人スパイダー	体長1m。牙に猛毒、機敏。大蜘蛛。
	装甲ドッグ	体長2m。装甲のような厚さ3cm以上の犀《さい》の皮膚を持つ犬。
	暴走ボア	体長3m。六本足の猪。
	爪撃ラプトル	体長150cm。素早い動きで鋭い爪を持つ二足歩行恐竜型モンスター。
	独角サウルス	体長5m。二足歩行竜。頭の角で体当たりする。角が薬材。
【宇宙】	宇宙クリオネ	体長1m～十数m。下半身の噴射口からガスを噴射し移動する。
	宇宙クラゲ	体長10m。隕石攻撃。
	凶牙ボール	体長4m。噛み付く巨大なダンゴムシ。

【脅威度2】 訓練した兵士や屠龍猟兵でないと倒せない。

【惑星】	投網スパイダー	体長3m。風に乗せて糸を飛ばす。
	人食いスパイダー	体長3m。牙に致死性の毒を持っている。
	装甲スパイダー	体長4m。暴竜ベルゴナ並みに防御力が高い。
	猛毒サーペント	全長12m。即死級の猛毒を持つ大蛇。

【脅威度3】 哨戒艇クラスの戦力を持つ。

【惑星】	狂乱コング	全長5m。額に龍珠を持つ。怪力である。緑龍珠は制御脳の部品として使う。
	紅角スネーク	全長20m。額の部分にある紅角から熱線を放つ。
	暴竜ベルゴナ	全長15m。胸に龍珠を持つ巨大な二足歩行恐竜。大木でも噛み砕く凶悪な牙に加え麻痺ガスを吐く。当該龍珠は異層ボックスの部品として珍重される。

【脅威度4】 戦闘機クラスの戦力を持つ。

【惑星】	黒獣ウルファド	体長5m。全身が黒い剛毛で覆われている巨大狼。
	母王スパイダー	全長20m。口から酸の霧を吐く巨大蜘蛛。

【脅威度5】 フリゲート艦クラスの戦力を持つ。

【脅威度6】 駆逐艦クラスの戦力を持つ。

【脅威度7】 巡洋艦クラスの戦力を持つ。小さな月なら破壊できる。

【脅威度8】 戦艦クラスの戦力を持つ。惑星を破壊できる。

【宇宙】	装甲砲撃イソギン	全長3km以上。加速力場、遷時空跳躍を自ら行う。全身を覆う装甲はあらゆる攻撃を跳ね返し、甲羅の隙間から伸び出る砲撃触手からはプラズマ弾を撃ち出す。まさに戦艦のような化け物。

あとがき

お読み頂きありがとうございます。月汰元《つきたげん》です。

この物語の主人公は、元々公務員だった過去を持つ者です。客観的に考えても、平凡《へいぼん》な人生を送った人物となります。そんな平凡なおじさんが、第二の人生として宇宙《うちゅう》という活躍《かつやく》の場所を与《あた》えられたら、どんな行動をするだろうという疑問が、この作品を書こうと思った切っ掛《か》けになります。

この作品の世界観は、『小説家になろう』に投稿《とうこう》していた『天《あま》の川銀河《がわぎんが》の屠龍戦艦《とりゅうせんかん》』と同じ世界観を採用しています。『天の川銀河の屠龍戦艦』は小学生や中学生の読者を意識して書いたものなので、世界観の全部が同じという訳ではありません。


話は変わりますが、久しぶりに宇宙戦争のアメリカ映画を見てロボットについて考えました。遠い未来の物語という設定なのに、登場するロボットが現代より古いタイプのロボットのように思えます。金色の甲冑《かっちゅう》のようなアンドロイドや一本の足と二本の手で移動する円筒形《えんとうけい》ロボットとホンダが開発したＡＳＩＭＯを比べると、ＡＳＩＭＯの方が進んでいる感じがします。

最初に映画を制作した頃《ころ》の知識を基《もと》に作られたのだと思いますが、もっと未来らしいロボットにして欲《ほ》しかった。それに比べると、日本のアニメに出てくるロボットは、未来を先取りしているように思えます。特に手塚治虫《てづかおさむ》先生の作品は天才的だと言えるでしょう。ただアメリカにも未来的なロボットが登場する作品が数多くありますから、アメリカがダメで日本が進んでいるという訳ではないのでしょう。

ロボットやＡＩが労働力として導入されれば、人々の仕事を奪《うば》い失業者が増えるだろうという意見を聞いた事があります。科学技術が発達し、完全に人間の代わりが可能なロボットが完成したら、全《すべ》ての仕事はロボットやＡＩがするようになるのだろうか？　そうなったら、人間は何をするのだろう？

この物語の舞台《ぶたい》となる宇宙は、完全に人間に取って代われるようなロボットを創り出せる科学力を持った世界です。ですが、この世界では自我を持つようなロボットを禁忌《きんき》としています。そうしないと、宇宙がロボットだらけになりそうなので、こういう設定にしました。

ロボットにも関連しますが、少し前からＣｈａｔＧＰＴというＡＩが開発されて使われ始めました。ＡＩを利用して小説を書くという試みも始まっているようです。小説を書いている私のような人間にとっては脅威《きょうい》です。ただ小説という分野で、ＡＩが人間に取って代わるのは、もう少し先になると思います。ＡＩはゼロから小説を書くという事が、まだできないからです。人間がテーマを与えて生成オプションのようなものを入力しないと、今のＡＩは小説を書けません。膨大《ぼうだい》なデータから言葉を切り貼《ば》りして文章を作るという事はできるでしょうが、それをちゃんとした文章にするには能力が足りないそうです。

ただもっと創造的でない仕事なら、どんどんＡＩやロボットが進出するでしょう。そのせいで日本の失業率が増えるかもと思いましたが、実際の日本の失業率は低いままです。少子高齢《こうれい》化で労働人口が減少している事もあるのでしょうが、日本社会が新しいものを取り入れて果敢《かかん》に挑戦《ちょうせん》する社会ではないという事も原因の一つではないかと思います。

昔は大陸の文化を積極的に取り入れたり、明治の頃には西洋の文明を取り入れる事を熱心に行っていました。しかし、現在の日本は世界の様子を見てから周回遅《しゅうかいおく》れで新しい事を取り入れるような感じです。日本社会は新しい事に対して臆病《おくびょう》になっているのでしょうか。それはなぜでしょう？

そういう事を疑問に思うのですが、それらを調べて研究するような時間はありません。自分の作品を書き続けるだけで、ほとんどの時間を使ってしまうので無理です。疑問の答えを得ようと思ったら、そういう事を研究している人物が書いた本を読むか、ネットで探すしかありません。

失業率と関係している数字に労働生産性というものがあります。日本は労働生産性が低いと言われており、主要先進七ヵ国の中で毎年のように最下位だそうです。労働生産性が低いという事は、一つの仕事に携《たずさ》わる社員数が多く、時間を掛けすぎている事を意味しています。但《ただ》し、仕事に多くの人員や時間を掛ける事が一概《いちがい》に悪いとは思いません。同じサービスを提供する場合なら、それだけの人員と時間を掛けているので、サービスの質は上がるからです。

ただ小説家の労働生産性に関しては、人それぞれです。頭の中に文章が次々と湧《わ》いてくる人もいれば、四苦八苦して文章を絞《しぼ》り出す人もいます。私の場合は絞り出す方に近いでしょう。たぶん集中力が長く続かないのが原因です。小説を書く、と言ってもキーボードを叩《たた》いている時ですが、晩飯は何にしようかとか、あのドラマは今日の放送かなどの雑念が湧き起こって執筆《しっぴつ》活動を邪魔《じゃま》します。最悪なのは、書こうと思っても頭に何も文章が浮《う》かばない時です。こういう時は、ＡＩに物語の続きを書いてもらいたいと真剣《しんけん》に思います。

集中力が低下すると、だらだらと仕事を続けて効率が悪くなるというのはよくある事です。気持ちを切り替《か》えるために休憩《きゅうけい》し、集中力を高めてから仕事を再開すれば効率が上がるかもしれません。但し、休憩したからと言って集中力が上がるかどうかは保証できません。結局、集中できずにだらだらと仕事を続ける事になるかも。

この物語は、日々雑念と戦いながら書いたものです。科学知識に乏《とぼ》しい私が書いていますので、間《ま》違《ちが》いがあるかもしれません。そこはご容赦《ようしゃ》ください。

二〇二四年七月二十四日

月汰元

本書は、カクヨムに掲載《けいさい》された「ファンタジー銀河　～何で宇宙にゴブリンやオークが居るんだ～」を加筆修正したものです。

ファンタジー銀河《ぎんが》
～何《なん》で宇宙《うちゅう》にゴブリンやオークが居《い》るんだ～

2024年10月30日　初版発行

著　　者　月汰元《つきたげん》

イラスト　布施龍太《ふせりゅうた》

発 行 者　山下直久

発　　行　株式会社 KADOKAWA
〒102-8177　東京都千代田区富士見 2-13-3
電話 0570-002-301（ナビダイヤル）

編集企画　ゲーム・企画書籍編集部

協　　力　ファミ通文庫編集部

装　　丁　coil

D　T　P　株式会社スタジオ205 プラス

印 刷 所　大日本印刷株式会社

製 本 所　大日本印刷株式会社

ISBN978-4-04-738078-3　C0093

月汰元
[イラスト]
himesuz